LUFTKREUZ

FRITZ MARTIN BARBER, geboren 1954 und gestorben 2021 in Potsdam-Babelsberg, studierte nach der Berufsausbildung zum BMSR-Techniker mit Abitur am Institut für Literatur „Johannes R. Becher“ in Leipzig. Er gehörte der Lyrik- und Poetenbewegung der DDR zu Beginn der Siebzigerjahre an und war Mitglied im Lyrikzirkel des Berliner Jugendklubs „Heinrich Heine“. 1987 erschien sein Gedichtband „Poesiealbum 234“ im Berliner Verlag Neues Leben. Der langjährige Dramaturg an der Hochschule für Film und Fernsehen „Konrad Wolf“ in Potsdam-Babelsberg arbeitete als freier Autor für Presse und Museen und war als Regisseur und Dokumentarfilmautor erfolgreich. Die posthum erscheinende Novelle „Luftkreuz“, in der Barber seine Lausitz-Erlebnisse aus drei Jahrzehnten verarbeitet, ist zugleich sein Prosadebüt.

Fritz Martin Barber

LUFTKREUZ

EINE NOVELLE AUS DEM LANDE LAU

mitteldeutscher verlag

1. Auflage

www.mitteldeutscherverlag.de

Gesamtherstellung: Mitteldeutscher Verlag, Halle (Saale)
Umschlagabbildung: Marion Wenzel

ISBN 978-3-96311-746-6

Printed in the EU

HAUPTPERSONEN

der Förster
der Junge
der Vereiner
der Pflüger
die Stationsschwester
die Holzfäller/Munitionssucher
der FBA-Mitarbeiter
der LBA-Mitarbeiter
der Maulwurf
der Meldesamen
die Frau
der Redakteur
der Pfleger
der Elektriker
der Waldbock
die Nachbarin
die Schöpsfrau
der Straßenbahnfahrer
die Postfrau
der Flugvereinschef
die Szenenbildnerin/die Regieassistentin
der lepidoptera fodina minera
die Pfarrerin
die Chefin
Geige
der Kriminalmeister
der Immobilienmakler

Schwalbe
die Lehrerin
der Harleydriver

NEBENFIGUR

der Mann, der dann weg war

1
SCHULAUSFLUG

Er hatte keine Geduld, aber er konnte geduldig sein, wenn es sein musste – mit den jungen Schösslingen zum Beispiel oder mit dem morschen Baumstamm, der da am Rand der Schonung lag, von ihm im Jahr zuvor auf der nackten Kippenfläche ausgesetzt. Die Kinder nannten es Wüste.

Sie waren zuvor unten im Tagebau gewesen, beim Vorschnittbagger, bei der Förderbrücke, beim Kohlebagger auf der untersten Sohle – das übliche Programm. Sie waren müde und etwas aufgedreht zugleich, vor allem jene, die Bescheid wussten, deren Eltern in der Grube arbeiteten, eine ganze Menge, aber von Jahr zu Jahr weniger, die konnten heute den großen Max spielen. Aber hier in der Wüste wurden auch sie leiser. Der Förster wusste, was er noch bieten konnte, war ihnen nur noch Pflichtprogramm, letzter Anstrich auf dem Zettel: „Tagebausanierung", die verschiedenen Baumarten, die Lehmsenke und als Test für seine und für ihre Geduld eben der morsche Baumstamm.

Selbstverständlich: Es gab immer Kinder, die das Wunder nicht verstanden, die meisten sogar, aber einige entdeckten es doch, die Würmer und Käfer im gelbbraunen Pappelmehl, das neue Leben im toten Holz. Für die konnte er geduldig sein, das war seine Mittagsfreude und Ersatz für die wieder mal im Büro vergessenen Stullen. Doch was ihm sonst die größte Freude war, wurde ihm plötzlich von dem Trebendorfer Jungen verdorben. Er kannte ihn natürlich, kannte den Vater, den sie „Vereiner" nannten – ironisch, bewundernd, je nachdem, Erfolg macht Ärger –, der eine große Rolle spielte im Dorf, dessen Vater wohl sogar Bürgermeister gewesen war vor 45, jeder kannte ihn hier, denn hier kannte jeder jeden.

„Was ist das für ein Hakenkreuz oben in den Kiefern im Tagebauvorfeld?“, fragte der Junge den Förster nun schon zum dritten Mal. Klare Frage, keine Antwort. Was soll der Förster sagen, wenn er es nicht weiß. Die Mittagsstunde hatte einen Knacks bekommen, von keinem bemerkt. Er erzählte ihnen die Vorschriften, dass die aufgeforsteten Flächen tabu sind, dass die Kippenflächen noch nicht sicher sind. Und auch der Wald im Tagebauvorfeld ist tabu, sagte der Förster, ratlos in die Augen des Jungen blickend – und alle Kinder grinsten wie auf Kommando.

Jeder in den Dörfern ringsum holte sich sein Heizungsholz aus dem Vorfeld – und die Pilze und Blaubeeren, solange es nicht zu trocken wurde. Es war der große Räuberwald ihrer Kinderjahre, und spätestens mit acht tuckerten sie hier auf dem selbstgebauten Traktor des Vaters über die staubigen Wege, mit spätestens zehn donnerten sie auf dem Moped der Schwester durch die verbotene Zone. Und mit zwölf wurde das erste Mal am Märchenteich herumgeknutscht. Jeder wusste das, seit Jahrzehnten, Verbote hin oder her, die Leute lebten hier mit und vom Tagebau und der Tagebau wollte zwar den ganzen Wald, irgendwann, Stück für Stück, Jahr um Jahr – doch niemals Ärger mit den Leuten.

Jeder wusste das, nur was das mit dem Hakenkreuz in den Kiefernkronen war, wusste der Förster nicht. Seine Geduld war nun wirklich am Ende. Und der Junge fragte nun nicht mehr. Zum Glück kam bald der Transportlaster, und die Kinder kletterten mühsam die hohen Stufen hinauf, beim Abfahren winkte die Staubfahne höhnisch dem Förster zu. Der stand nun etwas ratlos in der Wüste; hätte gerne noch mit dem Getier im Morschholz seinen Schwatz gehabt, rief aber lieber den Vater an, Pflicht ging vor Vergnügen.

„Hat der Junge was angestellt?“, fragte der Vereiner nur, der grad im Büro des Fußballvereins den widerspenstigen Trainer überreden wollte, seinen dorfansässigen linken Stürmer mit einem Spieler aus Kroatien umzubesetzen, um endlich den Aufstieg in die vierte Liga zu schaffen. „Eigentlich nicht“, sagte der Förster zögernd. „Na also“, antwortete der Vereiner und legte auf.

2
KABINENFENSTER

Fliegen ist so einfach, wenn nicht die Versuchung wäre, aus dem Fenster zu sehen. Der Mann hat sprachlos eingecheckt, hat stumm gewartet und beim Einsteigen nur den Pass gezeigt, hat seinem Nachbarn am Fenster kurz zugenickt, sich auf den Mittelplatz plumpsen lassen und die Kopfhörer ins Ohr gestöpselt. Man muss nicht reden, wenn man es nicht will.

Doch wenn man – wenn auch nur die ersten zehn Minuten des Fluges – hinaussehen möchte, muss man den Mund aufmachen und sprechen. Und ein bisschen verlegen lächeln, auch der Stewardess ein „Entschuldigung" zumurmeln, während die Männer, derweil die Maschine schon abhebt, schnell die Plätze wechseln, was dem Nachbarn nichts weiter ausmacht, ihm vielmehr einen willkommenen Anlass bietet, den kuriosen Grund der Reise amüsiert mitzuteilen: Ein Kolloquium in Maskat zum Thema „Wasserarchitektur und Herrscherlob", und da er vor Jahren einen Roman mit dem Titel „Der Zimmerspringbrunnen" geschrieben habe, sei er wohl als Spezialist vom Fach eingeladen worden, dort zu referieren, und da es dort interessante Verkehrsschilder gibt, die vor der Querung von Kamelen warnen, oder Schilder „Danger of Flash Floods" an Trockentäler durchquerenden Autobahnen, die vor plötzlich auftretenden Sturzfluten aufgrund von fern im Gebirge niedergehenden Regenfällen warnen, kann man ja das behördliche Missverständnis mit der eigenen Neugier verbinden und sich diese omanischen Phänomene (übrigens nicht zu verwechseln mit „osmanischen") mal ansehen, um dann hinterher vielleicht auch darüber zu schreiben. Was auch immer.

Und er will noch erzählen, dass es im Arabischen unzählige Bedeutungen des Wortes „shukran“ gibt – und erzählt es auch, doch der Mann am Fenster hört undankbarerweise nicht zu, schaut nur wie erfroren aus dem Fenster, auf die grünen Waldflächen unten im Dunst, grün leuchtend unter der Sonne, fast schwarz unter den Wolken – und mitten darin die sandgelbe Riesenschnecke mit dem schwarzen Strich vor der Öffnung, ein Truppenübungsplatz oder ein riesiges Baustellenareal oder ein Tagebau, wer sich da auskennt, wird es wissen.

3
PFLUGVERSUCH

Er hatte Durst. Sie müssten mal erforschen, schönes Thema für eine Doktorarbeit, ob sich der Getränkeverkauf der letzten Jahre hier in den Dörfern umgekehrt reziprok zum sinkenden Grundwasserstand verhält. Das statistische Material ist leicht zu erfassen, bei Norma unten am Bahnhof, bei Netto oben unweit des geplanten Baugebietes und natürlich in Siggis Getränkescheune. Die Kaufhallen drüben in der Stadt könnte man vernachlässigen, in Weißwasser ticken die Leute anders: Als der Tagebau hart am Stadtrand vorbeigezogen war, hatten sie es erst hinterher gemerkt – viel zu spät, um noch Pinkepinke als Kompensation vom Unternehmen zu verlangen. In Cottbus in der Zentrale haben sie sich ins Fäustchen gelacht.

Er hatte Durst. Den ganzen Tag lang hatte er die Felder von Hinterberg gepflügt, dort wo schon die Ausleger des Vorschnittbaggers über die Baumspitzen blickten, dort wo schon fast alle Umsiedler ihre alten Häuser verlassen hatten, wo man nur noch an der Straßenausbuchtung der Asphaltdecke erkennen konnte, dass da mal eine Zufahrt zum Gehöft gewesen war. Nun fuhr er rüber nach Schleife, nach südlich der Bahn, exakt jene Strecke, die die Bagger des Tagebaus in den nächsten Jahrzehnten freilegen wollten, zehn Meter in zehn Tagen, unten die Kohle, darüber Sand, Lehm, Kies in Massen und noch viel mehr Staub.

Seine Thermoskanne mit dem Tee war schon lange leer. Wenn die Urlauber in den Ferienfliegern, die seit dem Kriegsgezänk zwischen Türken und Griechen wieder den westlicheren Kurs, direkt über die Dörfer hier nahmen, hinunterblickten, müssten sie in diesem Moment die riesige Staubfahne hinter seinem Traktor erkennen können, eine wabernde graue Wolke, im nächsten Moment schon verweht, wie die Tagebauplanungen, die gestern noch galten.

Kilometer um Kilometer, Felder, die er schon gepflügt hatte, Felder, die er noch pflügen musste. Morgen. Heute war seine Schicht zu Ende, nur noch ein kleiner Freundschaftsdienst in der Siedlung südlich der Bahn, seit langem abgesprochen, wie jedes Jahr.

Es gibt Wörter, so hatte er es gelernt vor Abbruch seines Studiums in den Wendezeiten, um dann mit seinem Bruder den Agrarbetrieb zu starten, es gibt Adjektive, die man nicht steigern kann, „schwanger“ oder „falsch“ oder „tot“ zum Beispiel. Toter als tot gibt es nicht, eigentlich, trotzdem sagt man es. Für ihn war „peinlich“ so ein Wort. Mit seinem riesigen Hightech-Traktor die kleine rostige Zinkenegge ins Schlepptau zu nehmen, um das Stückchen Feld hinter der Siedlung zu bearbeiten, war einfach peinlich. Trotzdem wollte er es – wie verabredet – erledigen. In dem Werkstattschuppen angetroffen zu werden, ohne dass der Hausherr anwesend war, wäre ihm noch peinlicher. Trotzdem ging er hinein, als sich auf sein Hupsignal niemand sehen ließ und er das Stahltor offen fand. Am peinlichsten wäre ihm gewesen, drüben im kleinen Wohnhäuschen auf die Frau zu treffen. Das blieb ihm zum Glück erspart. Auch da war niemand.

In der Werkstatt allerdings stieß er auf ein Katzentrio, das sich dort in der Putzwolle wohnlich eingerichtet hatte – eine ungewöhnliche Begegnung angesichts der Katzenfeindschaft des Hausherrn. Doch sonst war alles wie immer, wenn er kam, sogar der Whisky, der ihm für den Freundschaftsdienst zugedacht war, stand verheißungsvoll auf der Werkbank. Sie würden die Flasche öffnen, jeder einen kleinen Schluck trinken, ein bisschen schweigen, ein bisschen reden und dann durch den Garten nach hinten zum Feld gehen. Doch nichts davon geschah, fast fünf Minuten saß er reglos und ratlos in der Stille, dann hatten sich die Augen an das Halbdunkel gewöhnt und er sah plötzlich das Nichts, die große Leere unter dem Hallendach, dort wo sonst immer das neueste und größte seiner Modellflugzeuge hing. All die anderen, älteren, standen im Regal – dort wo sonst hier in der Gegend jedweder Mann einen kleinen Trecker im Schuppen stehen hatte, manchmal nur ein grob zusammengeschweißter Stahlrahmen mit Trabbimotor und vier Schubkarrenrädern, manchmal allerdings auch edle alte Traditionsmaschinen mit klangvollen Namen, einen Lanz (noch mit Glühkopfmotor und Gegenstand der Anbetung bei jedem Traktorpulling) oder einen Hanomag, oder einen RS 08/15 aus dem Schönebecker Werk, hier in der Werkstatt gab es keinen. Jeder Quadratmeter war dem Flugwesen gewidmet.

Aufgereiht wie Fledermäuse in der Höhle beäugten die stummen Modelle den Eindringling. Draußen musste sich wohl der Wind gedreht haben, verschrumpelte Apfelleichen polterten auf das Hallendach, von Osten her, vom Tagebau, hörte man nun die monotonen Baggergeräusche, zerhackt von den Warnsignalen der Raupenschlepper beim Gleisrücken. Das weckte ihn auf. Er nahm die ungeöffnete Flasche, schaute noch mal zum stummen Häuschen hinüber, ging durch den Garten nach hinten zum Feld, warf den Motor an und zog mit der quietschendscheppernden Zinkenegge seine Bahnen über den Acker, der nun feinkrümelig, die Furchen geglättet, wieder als Landebahn für jedes Fluggerät, von der größten Antonow bis zum kleinen Modellflugzeug, dienen konnte.

4
ORTHOPÄDIE NACHTS

Zum Glück war ein Patient (Hüft-OP, markanter Pfeffi-Geruch) aus dem Bett gefallen. Zum Glück hatte der Vordergrund-Diensthabende (Assistenzarzt) die Hintergrund-Diensthabende (Oberärztin) angerufen. Die war auch umgehend gekommen (zehn Minuten aus ihrem Dorf bis zur Klinik) und hatte sich um den Fall gekümmert. Die Schwester atmete auf und wartete.

Du wartest immer in diesem Beruf. Du weißt, was anliegt für den Tag, welche Operationen, welche Medikamente für welche Patienten, welche Kollegen was machen müssen – doch eigentlich weißt du, lass alle Pläne Pläne sein – das Unvorherzusehende wird kommen. Jede Anordnung eines Arztes, jeder Klingelruf eines Patienten kann das Unvorherzusehende sein, du wartest auf den grellen Piepton im Flur, selbst in tiefster Nacht. Im Dienst und auch daheim. Als vor einigen Jahren der Tagebau am Stadtrand vorbeizog und ihr die Warnsignale der Komatsus ins Schlafzimmer schickte, sprang sie selbst in dienstfreien Nächten aus dem Bett bei den durchdringenden Tönen.

Als die Oberärztin fertig war mit dem Pfeffi-Patienten und schnell noch Befund und Therapie protokollierte, schob die Schwester ihr wie nebenbei, aber unübersehbar, den Zettel mit der Anweisung für die Frau im hintersten Zimmer an die Tischkante. Und klopfte zweimal mit dem Mittelfinger auf die Zeile mit der Medikamentenangabe. Die Oberärztin sah sie kurz an, nickte dann, nahm sich die darunterliegende Patientenakte, stand mit einem gequälten „Nicht schon wieder“ auf und ging den langen Stationsflur bis ans Ende.

Der Schwester wurde es leichter um die Seele, sie hatte getan, was notwendig war, aber sie hatte nichts gesagt. Nichts von dem Mann, der nicht zu Besuch gekommen war, nichts von ihrem privaten Handy, das sie der Frau gegeben hatte, nichts von dem vergeblichen Anruf, nichts von den plötzlichen Herzproblemen der Frau, nichts von der falschen Medikamentierung. Das alles hatte sie nichts anzugehen und legte ihr doch die Sorgen auf die Brust. Nun war sie befreit, hatte die Last weitergegeben wie der Fährmann im Märchen vom Teufel mit den drei goldenen Haaren.

Hinten auf dem Flur wurde es einen Moment lang lauter. Die Oberärztin fragte den Assistenzarzt etwas verzweifelt: „Verstehen Sie, was ich sage?“ Dann hörte man nur noch das Klappen der Stationstür, schlurfende Füße, scheppernde Eimer: die Putzkolonne. Die Schwester gab der Müdigkeit die Erlaubnis, sich in ihren Gedanken einzuquartieren. Bald war die Nachtschicht zu Ende. Umso mehr schreckte sie auf, als die Oberärztin noch einmal durch die Tür sah, ihr die Patientenakte der Frau zurückgab und nur sagte: „Man kann sich an einer Teppichkante ein Bein brechen und an einem Besuch, der nicht kommt, das Genick.“

5
FORSTARBEITEN

„Zwei Tannenwurzeln groß und alt unterhalten sich im Wald. Die eine sagt: knig. Die andre sagt: knag. Das ist genug für einen Tag." Der eine sagte es, der andere grinste verlegen. Dann schwiegen sie wieder. Die beiden Holzfäller saßen auf ihren Baumstümpfen, jeder auf einem eigenen, die Auswahl an Sitzplätzen war groß genug nach ihrer Arbeit in den vergangenen Stunden. Doch nun war Pause und sie warteten. Ihre Harvester hatten sie auf dem alten Waldweg von Trebendorf nach Mühlrose abgestellt, der nun nackt im Tagebauvorfeld lag, wie die ganze einstige Waldfläche bis zur Grube.

An den freigelegten Wellen des Waldbodens waren die Böschungen der einstigen Katharinenteiche erkennbar, Fischteiche der Dörfler früher, von Kiefern umstellt. Wer nicht Bescheid wusste, konnte sie auch für ehemalige Schanzwälle halten. In den letzten Kriegstagen hatte es in den Wäldern heftige Kleinstgefechte mit versprengten Einheiten gegeben, auch eine SS-Kompanie soll noch den Versuch unternommen haben, sich festzusetzen. Doch selbst die Bäume waren zu jung, um noch davon erzählen zu können. Nur das Gerücht ging um, dass sich die Schwarzen hier ihrer Uniform entledigt hatten, in den Teichen versenkt, um sich dann einzeln in Räuberzivil nach Westen abzusetzen, und dass manche wohl auch, so hieß es, in den Dörfern rings untergetaucht waren und später hier geheiratet hätten. Männer waren rar. Doch wenn die ABM-Frau, die der Ortschronik zuarbeiten sollte, genauer nachfragte, zuckten die Alten mit den Schultern und schwiegen und der Bezirksvorsitzende der Kriegsgräberfürsorge sagte: „Kann schon sein." Die

Kampfmittelberäumer, die mit ihren Sonden den Wald Meter um Meter, Abschnitt für Abschnitt abgesucht hatten, waren vor allem auf verschiedenste Munition gestoßen, auch auf Koppelschlösser und Kragenspiegel, kaum auf Knochen oder Blechmarken. Doch die Wälder hier waren ja weitläufig genug.

Seit die Harvester verstummt waren, konnten die Holzfäller wieder die Bandgeräusche aus dem Tagebau hören. Dann die Grillen, dann den Milanruf über ihnen. Sie sahen nicht hinauf, nicht zum Milan, nicht zu den Kiefernkronen, nicht zu dem Wrack, das oben in den Kronen bedrohlich im Wind hin und her schwankte. Sie nannten es nur „das Ding". Jeden Moment konnte es herabstürzen, aber das tat es nicht. Sie hätten die drei, vier Kiefern ansägen und mit 'ner starken Stahltrosse zu Fall bringen können, aber das taten sie nicht. Nach knapp einer Stunde häuften sich die Anrufe auf dem Handy, dann kam der Förster vorbei, dann der Steiger, obwohl der ja eigentlich gar nicht für das Vorfeld zuständig war. Jetzt warteten sie auf die Hubarbeitsbühne.

Der Förster, als er beim Kommen aus dem Kieferndickicht zur Lichtung hinausgetreten war, konnte erst mal erleichtert aufatmen: Ein havariertes Fluggerät ist ein wesentlich kleineres Problem als ein überdimensionales Hakenkreuz, wenn erst mal die Presse davon Wind bekommt.

Nun standen sie in stummer Runde in gebührender Entfernung – der Steiger und der Förster und die beiden Holzfäller. Vor drei Jahren waren sie alle noch im selben Unternehmen beschäftigt gewesen, dann waren ihre Gewerke ausgegründet worden, bekamen sie in der kleinen Dienstleistungsfirma ein anderes Logo an die Kluft genäht und um ein Drittel weniger Geld am Monatsende. Also arbeiteten sie nun mit modernster Technik, nach modernsten Vorschriften, mit modernsten Summen in ihrer Lohntüte. Und keiner im Kreis stellte die Frage, die allen im Kopf herumging, warum sie nicht „das Ding“ mit ein paar Tricks einfach zum endgültigen Absturz gebracht hätten, sondern die Leitstelle des Tagebaus angerufen hatten, womit „das Ding“ zum offiziellen Vorgang wurde, im Protokoll notiert und nach allen Vorschriften zu behandeln.

Als wichtigster Teil des offiziellen Vorgangs fuhr nun die Hubarbeitsbühne einer weiteren ausgegründeten Firma heran, die zufällig im Tagebau beim Schaufelradwechsel zu tun hatte. Der Fahrer wurde freudig begrüßt, besorgte er doch Feierabends die diversen Dorffestlichkeiten der Trebendorfer Feuerwehr, vom Frühjahr bis zum Winter, und sorgte nun dafür, dass das verlegene Wortgeschiebe der bisherigen Viererrunde endlich ein Ende fand.

Um das Kompetenzgerangel zu beenden, ließ sich der Förster von der Arbeitsbühne in die Kiefernkronen hinauftragen, schlang ein Seil um „das Ding“ mit den abgeknickten Flügeln, das schwarze Kreuz der Baumkronen: ein ramponiertes Flugmodell von allerdings erstaunlicher Größe. Flieger, grüß mir die Sonne – doch das war ja augenscheinlich vorbei.

Nachdem der Förster wieder unten „gelandet“ war, banden sie das Seilende um die Anhängerkupplung und der Harvester zog an. Die Kiefernkronen ächzten und peitschten um sich, dann schwieg der Wald einen langen Moment, lautlos stürzte das Ding in die Tiefe. Krachen und Scheppern beim Aufprall. Erleichterung bei allen Anwesenden. In kollektiver Gemeinschaftsarbeit luden sie heiter gestimmt die Wrackteile auf die Ladefläche des Pick-ups des Steigers. Der schaukelte damit über den jahrhundertalten Weg nach Mühlrose, zu den Tagesanlagen des Unternehmens davon.

„Ein Knie geht einsam durch die Welt. Es ist ein Knie, sonst nichts. Es ist kein Baum, es ist kein Zelt. Es ist ein Knie, sonst nichts", sagte der eine Holzfäller. Und der andere: „Zeit ist Geld", und startete seine Harvester, umschloss mit den Greifern des Arbeitskopfes den nächsten Kiefernstamm und ließ die Säge aufheulen. Der Milan oben drehte ab Richtung Mühlrose.

Am Ende der geschlagenen Schneise stand der Junge am Waldrand, nun schon seit Stunden. Der Förster hatte ihn selbst auf die Entfernung hin erkannt und ihm kurz mal zugewinkt. Doch der Junge hatte sich nicht gerührt.

„Ich weiß, wessen Maschine das war."

„Ich auch."

„Und warum hast du nichts gesagt?"

„Und wenn er dringesessen hätte, bei der Größe des Fliegers? Und ihn dann – die Leiche – so einfach runterstürzen lassen …"

„Vielleicht hat er's auch überlebt irgendwie, und sich abgeseilt."

Das sind so Gedanken, die kommen und gleich wieder verschwinden. Nur wenn sie einer ausspricht, bekommen sie Beine und laufen los durch die Dörfer.

Das war dann später, da saßen sie schon im Gasthof in Mühlrose bei Martins, die beiden Holzfäller, der Förster, der Fahrer der Arbeitsbühne, saßen beisammen und die Stille auch, am runden Tisch im Vorraum – und selbst die lokale Zeitungskorrespondentin saß auf ein Bier dabei. Keiner wollte doch nach dieser Schicht so einfach nach Hause.

6
AUTOBAHNSTAU

Die jungen Männer kicherten in ihrer modischen Bergsteigerkluft und schauten nach oben, wo die jungen Frauen in den Pappelbäumen nur langsam an Höhe gewannen. Das zusammengerollte Transparent war etwas hinderlich bei der Klettertour und ständig brachen die nassmorschen Äste, an denen sie sich eigentlich festhalten wollten, bei der kleinsten Berührung ab.

In Sichtweite, erhöht auf dem Autobahndamm, im Baustellenabschnitt auf der A 15, stauten sich die Fahrzeuge. Ein Mercedesfahrer hielt an, stieg „ganz eilig" aus, um ein Foto von den Pappelkletterern zu machen, verharrte dann in der Hoffnung, lesen zu können, was auf dem Transparent denn eigentlich stand, aber das würde noch dauern und hinter ihm begann nun ein wütendes Hupkonzert.

„Unser Verkehrsflieger meldet: Stau auf der A 15 Richtung Breslau, Höhe Raddusch, wegen Straßenbauarbeiten." An Bauarbeiten war nichts zu sehen, doch die Absperrbarken setzten langsam Grün an – kein Wunder in der feuchten Landschaftssenke und bei der langen Zeit, die sie hier schon standen. Einer der Hupkonzertisten mit Berliner Behördennummer, drei Autos hinter dem Mercedes, sagte durchs Handy durch, dass es später werden würde. Draußen stand FBA am glänzenden Lack, Fernstraßen-Bundesamt, und er war auf dem Weg zu einem Diskussionsforum in Cottbus zum Thema „Stauvermeidung, Staubegleitung" – er war ein bisschen stolz gewesen, als ihm der Titel vor einigen Tagen eingefallen war, doch jetzt wusste er, dass es hart werden würde. Sie standen noch immer. Er stieg aus und besah sich – unberührt vom wiederbeginnenden Hupkonzert – im letzten Tageslicht die langen Risse in der Fahrbahn, schon mehrfach mit Flüssigasphalt ausgegossen und doch immer weiter aufgerissen, ein halber Millimeter pro Monat lediglich, wie er aus den Berichten wusste. Die Gerüchte vermuteten den nahen Bischdorfer See als Ursache, nach den Unterlagen bis vor zwanzig Jahren der Tagebau Seese-Ost/Restloch 23, bis vor sieben Jahren geflutet. Doch Gerüchte finden keinen Eingang in die Akten, dort sind lediglich Fakten gefragt und die sprechen nur von meterlangen Fahrbahnrissen und monatelangen Verzögerungen des Baubeginns, wahrscheinlich weil der Chef der beauftragten Firma ein Idiot war, der sich bei der Ausschreibung um ein paar Kilometer geirrt und deshalb so ein unschlagbar günstiges Angebot eingereicht hatte und nun der Pleite entgegensteuerte, doch das war auch nur wieder ein Gerücht, das keinen Eingang in die Akten findet.

„Scheiß Lausitz", sagte der Mann aus Berlin – genauso wie der Mann im Audi, drei Autos hinter ihm, mit Braunschweiger Nummer und der Aufschrift LBA Schrägstrich Luftfahrt-Bundesamt Schrägstrich FUS Schrägstrich Flugunfalluntersuchungsstelle an der Wagentür.

Eigentlich wollte er jetzt schon bei den Kollegen in Dresden sein, doch er musste ja zuvor noch zum Vor-Ort-Termin nach Mühlrose vorbeifahren, wo ein ominöses Wrack auf dem Schrottplatz der Tagesanlagen auf ihn warten sollte, nichts Genaues wusste man nicht, angeblich ohne Verletzte, so ein Witz, angeblich ein Flugzeugtyp ohne Zulassung, als Unikat produziert, in den Baumkronen dreier Kiefern geendet. Die Unterlagen waren empörend dürftig.

Sie sollten die Lausitz als assoziierten Zwergstaat ausgründen und aus der Amtsaufsicht der BRD Schrägstrich Bundesrepublik Deutschland entlassen, dann hätte er schon schön in der heimischen Kneipe seinen „Schwarzen Herzog“ von Wolters trinken können – hier gabs ja nur 'nen „Schwarzen Steiger“, ostdeutsches Proletenbier. Was soll das.

Die Kolonne der Autos oben auf dem Damm rückte wieder ein paar Meter vor, nahm sogar Tempo auf, die Fahrer atmeten tief durch, der im Mercedes auf dem Weg nach Cottbus, der im Audi auf seinem Weg nach Mühlrose, und auch alle anderen konnten doppelt erlöst einen Blick auf das entrollte Transparent werfen: „A15-Stau + das Amt macht blau.“ Fahrzeugübergreifendes Grinsen auf allen Gesichtern, Deutschland einig Vaterland, nur der FBA-Fahrer fand den Spruch nur bedingt komisch. Vor allem, weil sich nun unten in der Senke auf dem parallelen Feldweg ein Krankenauto mit Blaulicht den Pappeln näherte. Eins der Mädels war abgestürzt, auf der Autobahn drohte der nächste Guckerstau.

Inzwischen war es vollends dunkel geworden. Nördlich der Autobahn blinkten die erleuchteten Fenster von Raddusch herüber. Abendstunde, stille Stunde – ein alter Lift-Titel für alle Freunde von Radio Cottbus. Südlich der Autobahn schmatzten die Wellen am Ufer des Tagebausees. Man könnte es auch für Schritte halten, glucksende Schritte von Gummistiefeln, oder für Schwanzschläge der Nutrias, die das Revier hier an der gewachsenen Böschung stetig eroberten – wie einst die slawischen Stämme die sumpfige Lausitz vor anderthalbtausend Jahren.

Gegenüber, auf der Kippenseite der vormaligen Grube, hörte man jetzt den Ruf des Ziegenmelkers, zuerst das Quoorrooorrrorr, dann das Erreeerreerrreerrreeerr, wie der Motor eines fernen Mopeds, dann abgelöst von einem dumpfen Rauschen und Gurgeln, stetig anschwellend – fast eine gefühlte Minute lang: Die wassergetränkte Sandpampe des Ufers geriet in Bewegung, rutschte als mächtige Scholle in den See, auch die dahinterliegende Schonung stolperte unaufhaltsam nach, samt den herumtanzenden Jungkiefern, samt Warnschildern und Ausflugsweg. Wer da noch nachts unterwegs war, war verloren, war morgen unauffindbar.

7
FRÜHSTÜCKSPAUSE VORSCHNITTBAGGER

„Früher“, hätte einer gesagt, wenn einer noch von früher da gewesen wäre. „Früher hatten wir noch eine Kantine in ’nem Eisenbahnwaggon an der Förderbrücke hängen.“ Aber auf dem Bagger gab es so gut wie keinen mehr, der früher schon dabei war. „Früher“ meinte immer: „zu DDR-Zeiten.“ Aber „Früher“ kam in ihren Gesprächen kaum noch vor. Die „Früher“-Leute waren zumeist schon mit Abfindung in Frührente geschickt worden, oder davor in den ausgegründeten Firmen gelandet, oder noch davor (aber immer noch nach „Früher“) bei den ABM-Leuten und dann bei den Tagebausanierern untergekommen. Doch selbst dort gab es inzwischen kaum noch richtige „Früher“-Leute.

Jetzt rückten sie in der Pause im engen Mannschaftsraum zusammen, holten ihre Stullen aus der Büchse oder machten sich was in der Mikrowelle warm. Als der Maulwurf reinkam, rückten sie noch ein bisschen enger zusammen, den mochte jeder hier. Nur als er den Helm auf den Tisch legen wollte, stoppten sie ihn lachend: „Mancher lernt es nie.“ Denn eigentlich war er der Älteste in der Runde, hatte schon im Bergbau begonnen, als „Früher“ grad vorbei war.

Der „Lady“-Bagger war wieder unten in der Grube eingesetzt, am Kohleflöz, nachdem er zwei Jahre lang, vor der Tagebauumstellung, im Vorschnitt die Lehmbank abgebaut hatte. Der Name war so geläufig, dass seine Herkunft schon im Nebel verschwunden war. Wahrscheinlich hatten einmal viele Frauen hier ihre Schicht geschoben, das war ja früher nicht ungewöhnlich, oder, wie eine Spottdrossel erzählte, waren die Vibrationen vorn in der Kanzel besonders stark, „besser, als sich auf 'ne rumpelnde Waschmaschine zu setzen, um sich einen runterzuholen. Und besser als ein Mann im Bett".

Zeitweise hatte der Bagger viele Besucher gehabt, als mit dem Lehm hinten auf der Kippe eine riesige konkave Schüssel geschüttet worden war, der wasserdichte Grund eines Sees, der mal entstehen sollte, noch größer als die Jeseritzenteiche hier zuvor.

Nun freuten sie sich über den einzelnen Besucher, auch wenn sie ihn auf seine Frage nach dem „Flieger" enttäuschen mussten. „Im Wochenplan steht Urlaub." Flieger war noch von ganz, ganz früher, soweit man wusste, ursprünglich in der Barackenzeit, als Schwarze Pumpe aufgebaut wurde, aus dem Erzgebirge kommend, war er danach wohl hier in der Grube gelandet – und merkwürdigerweise bis in diese Tage geblieben. „Habt ihr das mit dem Wrack im Vorfeld gehört?" Als sie fragend aufsahen, wiegte er nur den Kopf, nahm seinen Helm vom Boden auf und ging raus. „Ich bin mal vorn am Flöz", und ließ sie etwas ratlos zurück.

Vorn am Schaufelrad leuchteten die Scheinwerfer eine bizarre Opernbühne aus: Die gewellte Wand des angeschnittenen Flözes, rund zehn Meter aufragend, darüber das Deckgebirge, rund achtzig Meter, das sich in der Dunkelheit verlor. Vor ihm braun die Kohlebrocken, wo sie schon angetrocknet waren – glänzend schwarz an der frischen Schleifspur der Schaufel. Und die hellen gesplitterten Holzreste, verknorpelte Faserstränge der Stubben Jahrmillionen alter Bäume. Nun freigelegt und ins grelle Licht getaucht.

Doch jener Darsteller, nach dem Maulwurf Ausschau hielt, verbarg sich noch in den Kulissen, gefährlich und verlockend zugleich: In den nächsten Stunden, spätestens in der nächsten Schicht, mussten die Schaufeln auf die stillgelegten Entwässerungsstrecken treffen, samt dem hölzernen Ausbau und den Wasserrohren, den Schienen und Schwellen – Zeugen der Aufschlusszeit, als Flieger hier in der Entwässerung gearbeitet hatte, vor vielen, vielen Jahrzehnten. Doch im Moment war davon noch nichts zu sehen.

Nur auf dem Display des Maschinisten wurden schon seit Tagen die Strecken als rote Linien angezeigt, mit jedem Meter näher rückend, den der Bagger das Flöz abtrug. Maulwurf hatte die Koordinaten einprogrammiert, gestützt auf die Angaben in den einstigen Grubenrissen. Das war sein Job, die künftige Entwicklung des Tagebaus zu projektieren, jedes Detail, welche Straßen zurückzubauen waren, welche Stromtrassen und Gebäude und Dörfer. Und wo stattdessen die Brunnenriegel, die Bandanlagen, die Zufahrtpisten anzulegen sind, die Gleistrassen mit dem Rückgerät, das Mobiliar des Tagebaus, samt der Abbaulinien für Bagger und Förderbrücke, Woche um Woche voranrückend. Wenn die Pläne Realität wurden. Wenn.

Sein Beruf war es eben, Zukunft zu planen – seine Leidenschaft war es, dabei die Vergangenheit zu finden. Der Spagat seiner Lebenstage, der ihn mit Flieger verband. Dessen Beruf: hundert Meter unter der Erde. Dessen Leidenschaft: hoch in den Lüften. Aber jetzt war er leider nicht da. Nicht zu ändern, einfach schade, blöd. Er hatte sich darauf gefreut, mit ihm in das Mundloch der Strecke einzusteigen – verboten, jedoch unwiderstehlich –, gemeinsam die „Expedition" zu starten, die Walzzeichen auf den verrosteten Schienen zu entziffern, vielleicht eine alte Grubenlampe zu finden, die Warnschilder von früher …

Doch noch war es ja eh nicht so weit. Das Warnsignal des Baggers trötete laut, das Mädchen in der Kanzel winkte ihm zu, das Schaufelrad begann sich zu drehen. Der Hauptdarsteller trat wieder auf die Bühne.

8
MELDE-SAMEN (ARIPLEX) – BROT DER NOT

„merk und melde
wachsen beid im felde:
pflücke merk, lasz melde stehn,
so magst mit allen leuten gehn.“

Er flog im Wind, er segelte, er torkelte. Er pendelte über dem Acker, schwebte langsam nach rechts, glitt schneller nach links. Er gaukelte in der Luft auf der Stelle, baumelte wie an einem unsichtbaren Faden, schwang sich in einer Bö hoch hinauf, wehte dem Waldrand entgegen, wirbelte, flatterte, trudelte im Strudel, trieb zum Feld zurück. Er stürmte im Luftzug voran, wand sich steil gen Himmel, schwirrte im Halbkreis zur Siedlung, irrte wieder ab, verlor an Höhe, geriet auf die schiefe Bahn, stürzte haltlos ab, purzelte artistisch im Sturm, surfte im linden Hauch, steuerte gekonnt flach über den Furchen. Er hangelte sich mit einem Sperlingsschwarm im Föhnfahrstuhl in die elfte Etage. Er schlotterte verzagt, er schlenkerte flirrend um sich selbst herum, er wogte hin und her, er wackelte tapsig, schaukelte, ließ sich fallen wie ein Sack. Er zerrte nach Westen, er zog über die Häuser der Siedlung, streifte die Straße entlang, walzte im Kreis, schweifte über die Gärten, trieb von einem zum anderen, streunte durch die Äste der Obstbäume, tänzelte zwischen den Zweigen, schleifte grad so übers Hausdach, hing einen Moment lang am Schornstein fest.

Und riss wieder aus mit dem nächsten Lüftchen, navigierte in Richtung Tagebau, kurvte entschlossen davon, trudelte im Wirbelwind, siedelte um mit der nächsten Brise, gute Reise, wedelte zerzaust, wanderte weiter, stromerte davon, mit jedem Luftfurz als Zufallsbekanntschaft. Er verfrachtete sich ans Ende des Feldes, lotste sich um die kleine Baumgruppe herum, manövrierte, dirigierte, kutschierte sich ans Ziel, schleppte sich in eine feuchte Ackerfurche, zog noch einmal an, ließ sich träge tragen, sackte ab.

Ein Meldesamen von hunderten. Der Garten hinter der Werkstatt war verwildert in den letzten Monaten, zum Leidwesen der Nachbarschaft. Mannshoch stand die Melde, verteilte ihre rhombischen Samen, umhüllt von der Flughaut, munter an den Wind – früher gierig, zermahlen als Mehlersatz, von den armen Leuten zusammengeklaubt. Und in Notzeiten, z.B. nach dem Siebenjährigen Krieg, als das Korn im Nässejahr verfaulte auf dem Halm, kam die Melde gar nicht mehr zur Samenreife, wurde schon das junge Kraut an den Feldrändern geplündert.

> *„Und meine Mutter weinte, dass sie hier nichts zu essen hat, als nur das Meldekraut, ohne Fett zubereitet und ungesalzen, und dies nirgend und nimmer beschaffen kann, um es zu kochen. Die Melde war überall gänzlich ausgesucht und abgerupft. Und auch die anderen Leute, da hat sich jeder um das Essen gesorgt und sie gingen und suchten die Pflanzenblätter und rupften und sammelten sie und kochten und aßen die Melde. Und Gott mein Herr hat mich am Leben erhalten.“*

Hanzo Njepila hieß der junge Hungerleider und Meldefresser, ewig geprügelt vom Leben und ewig träumend, und Lebensnot und Lebensträume aufschreibend – als Erster in der Lausitz. Aufgewachsen gleich im Nachbarort, in Rohne, hatte er Gott vertraut und war, den Vögeln folgend, aufs Scheunendach gestiegen, Brotmulden an seine Arme gebunden, war er flatternd losgeflogen. Und war abgestürzt, natürlich, und hatte sich Arme und Beine gebrochen. Und hat trotzdem die Vögel gelobt und seinen Gott gepriesen für ihre Umsicht. Der Flugpionier.

> *„Und wenn es heller Tag wird, da kommen die Vögel alle aus ihren Betten heraus, von welchen sie gar viele auf den Ästlein haben, da fliegen sie auch heraus und fliegen ein Stück weiter und singen schön und preisen und loben Gott den Herrn, dass er auch an sie denkt. Er lässt für sie in der Nacht gute Gräser aus der Erde sprießen.“*

Und er war nach den gescheiterten Fliegerträumen zum Geistesflieger geworden, die Blätter Papier nun seine Flügel. Dreißig Hefte, seinen Kindern vererbt, neunzigjährig im Tod, noch immer nicht klug geworden. Den größten Teil der Hefte gaben sie ihm mit ins Grab. Nur fünf Handschriften haben sich erhalten. Armer Höhenflieger.

Von seiner Schwiegertochter kurzgehalten, bestohlen und weggesperrt, schikaniert und geprügelt, hat ihm der Meldesamen noch die Alterskost bereichert, für Eintopf und Grütze, für die Nahrung in der Not. Und der streute sich nun aus hinter Fliegers Haus, über dem leeren Acker, der Rollbahn, die nicht mehr gebraucht wurde, wahrscheinlich.

9
HEIMFAHRT

Im Flur stand die Tasche der Frau. Sie selbst saß noch im Zimmer auf dem Stuhl neben dem schon wieder frisch bezogenen Bett. Das war jetzt ihr Ankerplatz in der Ratlosigkeit. Einen Krankentransport für die Heimfahrt wollte sie nicht. „Ich bin ja wieder gesund." Auch einen Nachbarn aus der Siedlung kommen zu lassen, lehnte sie ab. Sie bezahlte lieber das Taxi, auch wenn es eigentlich die Krankenkasse bezahlen würde, das war ihr Stolz oder ihr Eigensinn, was anderes hatte sie nicht im Moment. Die Schwester versuchte noch, die Nummer des Mannes anzurufen. Vergebens.

Aus dem Fenster sah man die vielen alten Fabrikschlote – von der ehemaligen Brikettfabrik, von der einstigen Ziegelei, doch die meisten von den früheren Glasfabriken des Ortes. Am südlichen Stadtrand, etwas dicker, etwas kleiner: Der neue Aussichtsturm mit Blick in die Grube, mit Blick auf die Wüste, die sich langsam begrünte – und mit der Aussicht auf den künftigen See. Der Himmel gesiebt vom Schornsteingitter.

Die Stationstür schwenkte auf. Der Taxifahrer nahm die Tasche, schob ihr den Rollstuhl hin, doch sie stand auf, gestützt auf ihre Krücken, und schob sich langsam den langen Stationsgang hinunter. Bis der Taxifahrer ihr kurz entschlossen die Krücken wegnahm, sie fast in den Rollstuhl schubste. „Guter Mann", sagte die Schwester. „Seine Zeit", sagte die Pfeffi-Hüfte. Klack, sagte die Tür und schloss sich langsam.

Der Himmel gesiebt vom Kieferngitter. Ein schmaler Waldstreifen trennte den Tagebaurand kilometerlang von der Straße, auf der sie zur Siedlung fuhren, man sah das Loch nicht, doch der Taxifahrer wusste es und die Frau wusste es. Hätten sie kurz hinübergeschaut in das Sonnengeflimmer hinter den vorbeihuschenden Baumstämmen, dann – wenn eine Schneise zufällig den Blick freigab – hätten sie zumindest die Entwässerungsrohre des Randriegels erblicken können, ein fetter schwarzer Trennungsstrich. Aber sie blickten nicht hin, die ganze Fahrt. „Was wird denn nun mit ihnen?" Die Frau sah ihn überrascht an. „Wird die Siedlung nun noch umgesiedelt oder nicht?"

10
REDAKTION INTERN

Unten vor dem Redaktionsgebäude krachte es. Der Volontär öffnete erfreut das Fenster, machte ein Foto und wollte grad die Finger auf der Tastatur spielen lassen – sein erster Artikel und dann gleich für die Rubrik „Der Polizeifunk meldet", der meistgelesenen, noch vor den Fußballberichten, und Thomas Bernhard hatte ja auch mal so angefangen – da sagte der Redakteur nur: „Augenschein geht vor Sonnenschein", und schickte ihn runter auf die Straße.

„Es ist wie immer hier", sagte der Polizist resignierend, „Sie kommen von Spremberg und sehen hinter der klitzekleinen Rechtsbiegung nach links, zur Einmündung der Lutherstraße, da kann zwar gar nichts kommen, da ist die Tramtrasse und die Raseninsel dazwischen, extra vor Jahren schon so angelegt. Aber sie schauen trotzdem nach links, es muss ein Reflex sein. Und die aus der Ausfahrt hier sehen zwar in den Rückspiegel, aber zwei, drei Sekunden zu früh. Dann schauen sie noch kurz Richtung Innenstadt, zwei, drei Sekunden, wie gesagt, und fahren los. Dann sind aber die von Spremberg nach der Biegung schon ran. Rumms." Der Polizist sah forschend ins Gesicht des Volontärs: „Ich habe es Ihren Kollegen schon tausendmal erklärt, aber keiner hat es jemals richtig beschrieben. Haben Sie es verstanden? Na, nichts für ungut." Nun war auch der Volontär etwas deprimiert und nahm für die Rückkehr in die Redaktionsetage lieber die Treppe statt des Paternosters. Von oben hatte alles so einfach ausgesehen.

Der Redakteur verkniff sich das Grinsen, als der Junge etwas abgekämpft wieder ins Großraumbüro trat. Er hatte selbst mit dem Unlösbaren zu kämpfen: Zwei kleine Artikel lagen vor ihm, aber Platz war nur noch für einen. Die berühmte deutsche Freitagsfrau war ins Revier gekommen, ökologisch vorschriftsmäßig mit der Bahn, hatte gleich auf dem Bahnsteig den entsprechend vorinformierten und extra angereisten Medien der Hauptstadt ihr Statement in die Mikros verklickert: die Sorge um das Weltklima. Die Sorge um das soziale Klima im Revier. Und sie wird sich kümmern. So ungefähr. Dann kam schon der Gegenzug zurück nach Berlin und sie war wieder verschwunden. Da mach mal was draus, worüber hier vor Ort keiner lacht.

Da war der andere Artikel schon interessanter. Ein Flugzeugwrack in den Baumkronen des Vorfeldes des Tagebaus. Eine spektakuläre Bergungsaktion mit Hubbühne. Ein vermisster Pilot. Das war's doch. Er klickte voller Erwartung die mitgeschickten Fotodateien auf dem Monitor an – genau gesagt, war es nur eine. Nun gut, ein Wurm macht auch noch Mist. Allerdings war darauf nicht das Wrack zu sehen, auch nicht die Hubbühne, nicht der abgeholzte Wald: nur vier Männer an einem runden Kneipentisch im fahlen Schein einer „Früher"-Lampe. Und sie blickten auf dem Foto so in die Kamera, als ob sie grade beim Falschspielen erwischt worden wären. Da mach mal was draus. Doch er würde den Artikel nehmen (ohne Bild), schon aus alter Sympathie für seine Kollegin im Kirchspiel.

Inzwischen war der Unfallartikel gereift und gediehen. Das Redaktionsgebäude wurde nicht explizit erwähnt. Der Volontär hatte doch lieber alles etwas allgemein gehalten, Details verwirren nur.

„Gleiche es mal ab mit dem Polizeiticker" – der aber hatte davon noch nichts gemeldet.

„Dann müssen wir noch warten.“

„Aber es ist doch geschehen, ich habe den Unfall doch mit eigenen Augen gesehen. Direkt hier vor der Redaktion.“

„Geschehen ist es erst, wenn es bestätigt ist. Ist so. Hat schon mein alter Hauptfeldwebel zu mir gesagt. Fahr mal lieber schnell noch rüber zum Markt, die Studenten haben da ’ne Demo angekündigt. Schau’s dir mal an.“

Daheim nach dem Dienst hielten dann die Abendnachrichten im Fernsehen noch ein kleines Vergnügen für den Redakteur bereit: die Freitagsfrau in Nahaufnahme mit ihrem Bahnhofsstatement, zusammengeschnitten mit Aufnahmen von der Studentendemo auf dem Markt. Große Aktion. Tolles Engagement vor Ort. Beeindruckende Aktivierung der Massen. Nur wer darauf achtete, erkannte die divergierenden Lichtverhältnisse.

„Ach die Berliner Kollegen“, seufzte er amüsiert.

11
PFLEGEDIENST

„Unser Verkehrsflieger meldet: Stau auf der A 15 Richtung Breslau, Höhe Raddusch, wegen Straßenbauarbeiten."

Der Pfleger schaltete den Motor aus. In seinen Hirnwindungen lachte es ironisch:

„Schleife meldet: Stau auf der Kaufhallenausfahrt wegen idiotisch geparktem BMW." Die Schicht fing gut an.

Er hatte grad den alten Schäfer im Haus links behandelt, wollte nun weiter, doch alles war dicht. Das Haus brachte nur Unglück. Vor drei Jahren stand es noch allein auf weitem Feld am Rand des Ortes. Dann zogen dort die Eltern vom Vereiner ein, zogen um wegen des Tagebaus, noch vor allen anderen, noch bevor das Dorf die Umsiedlung mit dem Bergbau fertig ausgehandelt hatte – solange sie eben noch konnten. Dachten sie.

Danach war der alte Schäfer eingezogen, der hatte sich mit seinem Sohn zerstritten: Wohin sollte es gehen mit der Herde, die Tiere brauchten Weideflächen und Ruhe und Schutz vor den Wölfen und Platz für Erinnerungen für ihren alten Herrn. Genügend Fragen, um miteinander über Kreuz zu liegen. Doch als er trotzig umzog in seinen Alterssitz, begannen sie gegenüber die Kaufhalle zu bauen und neben ihm die Sparkasse, den Bäcker, das Landwarenhaus. „Ruhe sanft", rief ihm der Friedhof zu, jeden Tag vernehmlicher, der Pfleger sah es und konnte zwar die Rheumaschmerzen behandeln, doch nicht Gram und Trübsal im Haus. Und draußen vor der Tür war im letzten Jahr aus dem modrigen Feldweg eine schicke Zufahrtsstraße nach EU-Norm geworden, allerdings kaum breiter als zuvor. Da staute es sich nun.

Dass er Krankenpfleger geworden war, war der Zeit geschuldet und der Feuerwehr. Zehn Jahre früher wäre er in den Bergbau gegangen wie früher fast jeder von den Jungen hier. Und viele von den Mädchen auch. Arbeit in der Kohle brachte gutes Geld ein Leben lang, Kumpels, denen man in die Augen blicken konnte und die Dinge waren klar. Und wenn man Hilfe brauchte, ein bisschen Bauholz, einen Kran für den Feierabendjob, einen Ferienlagerplatz für die Kinder, das lief. Ohne große Komplikationen. Doch der Wind hatte sich gedreht. Statt der rund dreißig Tagebaue gab es grad noch fünf, bald nur noch vier. Statt der unzähligen Schornsteine der einstigen Brikettfabriken und Kraftwerke, die alten Wegweiser im flachen Kiefernland, gab es noch die drei riesigweißen Kühlturmschwaden (die Dschins der Lausitz) – und Windräder zuhauf.

Und bei der Jugendwehr im Dorf – entweder man ging zum Fußball oder man ging zur Wehr – hatten sich die Mädels ziemlich zickig angestellt, als sie mal Blut sahen, da hatte er den Sani gemacht – und dann die zufällige Begabung zum Beruf.

Heute hatte er Außendienst. Erst einer der Patienten auf der langen Liste, die ihm die Chefin vorhin lächelnd zugeschoben hatte, war bisher verdoktert. Und Zeit ist keine beliebig dehnbare Größe, hatte er mal gelernt. Die Adresse südlich der Bahn war neu auf dem Zettel, doch als er vor dem Häuschen anhielt, erkannte er es ganz genau: die Werkstatthalle, die alten Obstbäume mit Äpfeln, die scheinbar nie jemand pflückte, und vor allem das Feldstück hinter dem Garten.

Da hatten sie als Kinder, als Jugendliche, oft zugeschaut, wenn der Mann seine Modelle fliegen ließ. Und da drückte er ihnen auch mal ohne Vorwarnung die Fernbedienung in die Hand, ließ sie Piloten spielen. Und jede Landung war ein Abenteuer, bei dem er mitfieberte wie sie selbst. Und jedes Mal, wenn wieder das Fahrwerk auf dem Acker weggebrochen war und die Propeller verbogen, dann hatte er gelacht, dann hatte er wieder was zu tun in seiner Werkstatt, da brauchten sie ihn, seine fliegenden Schätze. Das tat ihm gut.

Doch der Mann war nicht da. Als er anklopfen wollte, stand die Wohnungstür einen Spaltbreit offen und eine Frauenstimme rief aus der Stube: „Ist offen, Sie können reinkommen." Die Kniewunde war schnell versorgt, das hatten sie gut gemacht im Krankenhaus. Er brühte ihr noch einen Tee auf und holte ihr eine Blechbüchse mit Keksen aus der Küche, alles ohne viele Worte. Und er wurde das Gefühl nicht los, dass er sie irgendwoher kannte. Als sie ihm den Zettel gab mit ihren Einkaufswünschen und das Geld dazu, fragte sie kurz: „Sie sind doch auch aus Mühlrose. Ich kenne Sie noch als Kind. Meine Eltern waren Nowaks, wissen Sie, am Ortsausgang nach Tzschelln. Aber ich gehe dort nicht mehr hin."

Es wurde ein langer Tag. Als er all die Adressen auf der Liste besucht hatte, holte er noch die Einkäufe für die Frau und brachte ihr den Korb und das Restgeld und einen Gruß zum Abend in das einsame Häuschen. Zurück in der Sozialstation wollte er nur den Autoschlüssel abgeben und die Protokolle in der Ablage deponieren – da saß die Chefin immer noch da. „Ich bin versetzt worden. Ab Montag soll ich Weißwasser übernehmen. Kein Dank, keine Beschwerde.

Nur die Anweisung. Verstehst du das?“ Er war überrascht, war wie leer im Kopf – und hatte trotzdem so eine leise Ahnung. Doch er zuckte nur mit den Schultern.

12 ELEKTROINSPEKTION MIT FUNDBÜRO

Mit dem Schlüssel könnte man einen Ochsen erschlagen. Doch es hätte des Mordinstrumentes nicht bedurft. Als er mit seiner Elektrikertasche zufällig gegen die Kneipentür stieß, öffnete sie sich geisterhaft wie von selbst. Er trat ein – jeder Schritt ein Spagat ins „Es war einmal". Zuletzt hatte er den Saal vor über dreißig Jahren betreten.

Draußen auf der Straßenseite gegenüber ratterte der Güterzug vorbei, fuhr ohne Halt durch den Bahnhof. Fast eine Minute lang vibrierte der Boden, begleitet vom durchdringend monotonen Warnsignal der Schranke nebenan. Dann wurde es wieder still im Tanzsaal. Ganz früher hatte es fünf Gaststätten im Ort gegeben, die Bahnhofskneipe war die erste, die aufgab damals, schon Ende der Fünfzigerjahre. Jetzt sollte der heruntergekommene Saal noch einmal einen Abend lang Leben erleben mit den Leuten der Siedlung – darüber reden, wie es weitergehen soll nach dem Umsiedlungsstop. Da hatten sie ihn heute aus der Grube vorbeigeschickt, um die Stromanschlüsse zu überprüfen. Sicherheitshalber.

Soweit er sich erinnerte, war der Stromkasten hinter der Bühne gewesen. Er tapperte die Stufen hinauf. Großer Auftritt, von Staubwolken umhüllt, als er den Vorhang beiseiteschob und das fahle Licht auf die Regale an der Hinterwand fiel: Das hatte er nicht erwartet. Faschingsgeflitter und Girlanden, Kabelsalat und Veranstaltungsplakate, Super-8-Filmrollen, Flugzeugmodelle und eine Diskokugel, damals von ihnen selbst mit Spiegelglasscherben beklebt.

Wer erinnert sich schon noch daran, wen interessieren denn die alten Geschichten vom fröhlichen Jugendleben. Das Regal allerdings, einmal wieder ins Licht gerückt, plapperte munter los und ließ sich nicht zum Schweigen bringen. Es waren junge Leute aus allen Dörfern im Kirchspiel gewesen, die sich in den Achtzigerjahren hier getroffen hatten, zuerst auf eigene Faust, dann mit dem Wohlwollen des Bürgermeisters. „Tanz hinterm Bahnhof", war der Wochenendtreffpunkt für die ganze Gegend, Lift spielten im runtergekommenen Gemäuer und die Klosterbrüder und Renft, was dazumal so angesagt war unter den Parkaträgern zwischen Rügen und Vogtland. Hier im Dresdner Bezirk war manches möglich, was „hinter der Grenze" im Cottbusser Bezirk „nicht drin war". Und auf dem Land hier eher als in der Stadt. Und hier in Schleife „mit der jungen Arbeiterklasse" als „Konzertmanagement" noch ganz speziell. Er als Elektriker, der Flieger vom Bagger als Rundumtalent, seine Freundin aus dem Kraftwerk, die dann seine Frau wurde und die anderen, in wechselnder Besetzung. Die ließen sich nicht viel sagen, auch von den alteingesessenen Dorfchefs nicht – und saßen auch an der Quelle, wenn Material oder Technik gebraucht wurde. Und hinterm Vorhang, an den Tagen ohne Tanz, wurde rumgeknutscht und der Flieger baute seine Modelle und er mit seiner russischen Kamera (mit Aufziehmotor) drehte seine Spielfilme und Rosenthaler Kadarka war auch dabei. Und der Kommunismus stand schon vor der Tür. Oder die Wende, kehrt um, marsch, marsch, Klub zu. Kümmert euch lieber darum, ob ihr euren Job behaltet. Und das taten sie dann auch.

Der Stromkasten taugte noch, abgesehen davon, dass sich irgendwann einige Mäusegenerationen darin eingerichtet hatten. Dann rollte er noch die alte Leinwand ab, kleiner Test, die würden sie brauchen können für ihre Powerpoint-Show. Doch als die Kurbel klemmte, als er sie mit Kraft weiterdrehen wollte, knirschte es widerlich, riss der vergilbte Stoff mittendurch, von oben bis unten. Die beiden Enden sanken langsam herab und gaben den Blick frei auf das handgeschriebene Plakat: „BAYON / Schleife / Hinterm Bahnhof / 17. Sept. 19.00 Uhr."

„Na dann eben nicht."

Doch die Filmrollen nahm er in persönliche Verwahrung – und die beiden Modelle, die konnte er ihm ja irgendwann einmal vorbeibringen: für einen Rückflug in die Jugend. Vielleicht würde er sich freuen. Draußen polterte der nächste Güterzug vorüber, der Stundenmesser. Er schloss die Saaltür ab, drehte dreimal den Schlüssel um. Nebenan im Schluckspecht ging die Abendschicht los. Prost Pulle. Prost Schnaps.

13
WALDBOCK (SPONDYLIS BUPRESTOIDES)

„Wo soll ich landen, wenn der Tank leer ist
Wo ist ein Rollfeld für mich frei
Wenn der Höhenzeiger die letzten Zahlen frisst
Wer findet im Empfänger meinen …"

Hätte man ihn einige Tage zuvor gefragt, hätte er sich für das glücklichste Wesen der Welt gehalten. Er hatte sich munter gepaart, hatte für reichlich Nachwuchs gesorgt, hatte die Eier im Wurzelwerk seiner Kiefer sicher deponiert. Und hätte der Waldbock wiederum den Förster gefragt, hätte der ihn vielleicht gewarnt: „Der Lachende hat die furchtbare Nachricht nur noch nicht empfangen." Doch das Unglück kam schneller, als es selbst der Förster hätte voraussehen können: Zuerst stürzte das Flugzeug in seine Kiefernkrone, dass der Stamm bis ins Mark erschüttert und er aus seiner wohnlichen Rinde geschleudert wurde. Dann zerrten sie das Wrack herunter und mit ihm fast das ganze Astwerk. Und zu schlechter Letzt fällte der Harvester den Stamm binnen einer Minute – und binnen einer Stunde den ganzen Kiefernschlag.

Mein lieber Rollenschröter, das erlebst du nicht alle Tage. Zur Sicherheit, doch nicht zu eilig, denn es sollte nicht wie panische Flucht aussehen, terminierte er seinen abendlichen Rundflug ein paar Stunden vor. In eleganten Schwüngen schwebte er zur Lichtung davon, drehte dort noch eine perfekte Spirale und landete zielgenau auf dem weißen Kreuz auf der Spitze der Blechpyramide. Eine merkwürdige Konstruktion, doch momentan für ihn ideal, um über die weitere Lebensplanung nachzudenken. Da saß er nun. Dummerweise hatte ihm keiner gesagt, dass sein geflügeltes Dasein von der Natur auf dreißig Tage befristet war.

Hätte er Siggi Jähn gekannt, wäre er ziemlich stolz gewesen, als dessen Multispektralkamera, einmontiert in der Cessna 411 der Flugerkundung, für einen Moment direkt auf ihn gerichtet war, auf das weiße Passpunktkreuz. Kurz unter der Wolkendecke fliegend, auf vierhundert Meter Höhe vielleicht, machten sie eine Aufnahme nach der anderen, immer die Kreuzmarkierungen in der Landschaft im Blick, fotografierten die vielen Tagebaue, die heutigen und die einstigen, inzwischen weitgehend geflutet, Neptuns Reich im Lande Lau, in dem vor ein paar Jahren noch die sozialistischen Kumpel herrschten, „Ich bin Bergmann, wer ist mehr?" Inzwischen waren es weniger: Fünf Tagebaue förderten grade noch Kohle im Revier, bald nur noch vier. Und auch hier in Nochten stand nun die seit Jahrzehnten geplante Fortsetzung auf der Kippe.

Der Pilot übergab das Steuer an seinen neuen Kollegen: „Kannst abdrehen, hier geht's nicht weiter mit dem Tagebau." Beim Passpunkt am Rand der Siedlung südlich der Bahn schwenkte die Cessna ein, direkt unter ihnen das kleine Häuschen mit der großen Werkstatt, die würden nun wohl bleiben. Doch daneben das Stückchen Feld, das würde noch überbaggert werden, die letzten Meter des Tagebaus. Und die Böschung könnte dann, in dreißig Jahren vielleicht, ein Strand am See sein.

Hoch im Himmel nahm die Maschine nun den direkten Kurs Richtung Südosten, zum Reichwalder Tagebau. Da gab es noch für

Jahrzehnte zu tun. Und unten auf seiner weißen Startbahn hob der Waldbock ab zum nächsten Kiefernschlag. Da vertraute er seinen Geruchsorganen. Guten Flug und Glück auf den Weg.

14
SCHMALFILM SUPER 8, VOR DREISSIG JAHREN

Die jungen Kerle trugen abgestoßene Zylinderhüte über den langen Haaren und große Fliegen aus Krepppapier um den Hals und hatten sich den Frack aufs Turnhemd gemalt, einige mit dem grünen Parka darüber. Der Flieger hopste ausgelassen mit Pilotenkappe auf dem Skalp. Die Mädels tanzten in weißen Brautkleidern um die Jungs herum, müde Feldblumen schmückten das Haar. Als Kutsche diente ein Trabbi, sieben Leute drinnen zusammengequetscht, draußen auf dem Dach, der Motorhaube und im offenen Kofferraum noch sechs weitere Feiernde, die herunterpurzelten, als die Rennpappe qualmend startete. Es sah aus wie Mummenschanz, doch es war Fliegers Hochzeit gewesen, kurz nach der Wende, im Hintergrund standen schon Golf und Fiat vom Gebrauchtwarenhändler. Was sie riefen oder sangen, war nicht zu hören, nur das Knattern des Filmprojektors, noch spröder hämmernd, nachdem die Rolle durchgelaufen war.

Es war Fliegers Hochzeit gewesen – und zugleich ihr Abschied vom Jugendclub im Gasthof hinter dem Bahnhof. Das letzte Mal hatten sie ihr Spiel „anders Leben“ gespielt, ausgelassener denn je – „anders Leben“, als die Bauern auf den Dörfern ringsum und bisher und von nun an nie mehr. Es war auch die letzte Filmrolle, die er mit der russischen Aufziehkamera gedreht hatte, und sie erinnerte ihn daran, dass er noch bei Flieger vorbeigehen wollte, wegen der gefundenen Modelle. Und jetzt in der Stille, als auch das Projektorgeräusch verstummt war, fiel ihm wieder ein Stückchen Rocktext ein, den sie damals immer gesungen hatten, jedenfalls die, die singen konnten: „Hab 'ne Wohnung und nen Trabbi / Kinder, die schon Stullen schmiern / Freitags lieben sie sich immer / sonntags gehen sie spaziern / haben was sie haben wollten / haben ihren Spaß daran / geht von nun an was zu Ende / oder fängt noch etwas an."

Als er in der Siedlung hielt, trug der Wind grad sechs Glockenschläge von der Kirche im Ort herüber. Er sah die offene Schuppentür und trug die verstaubten Modelle hinein zur Werkbank. Er wusste ja, auch im Dunkeln, wo sie stand. Als eine Katze sich fauchend in seinem Hosenbein verkrallte, musste er lachen.

Drüben im Häuschen war hinter einem Fenster noch Licht, also klingelte er. Aber nichts rührte sich. Er sah sich ratlos um, auf der anderen Straßenseite erkannte er noch kurz eine Frau als Schattenriss hinter der Gardine, bevor es dort dunkel wurde. Dann klingelte er noch mal etwas länger, dann ging auch hier das Licht im Fenster aus und ließ ihn ratlos in der Dämmerung stehen. Als Kind hatte er ein Buch in seiner Kiste, „Paul allein auf der Welt": Und so fühlte er sich jetzt, leere Welt, leerer Magen.

Zwei Monate zuvor hatte er in Berlin in einer Galerie zur Ausstellungseröffnung Fotos gesehen, mit simplen Objekten, von der Welt verloren, aus allen Gegenden der Erde, monochrom fixiert und in einen Rahmen gestellt. Eine der Aufnahmen weckte seinen Neid und zog auch andere Besucher magisch an: eine riesige Stahlkonstruktion flach am Horizont hingestreckt, davor leeres nacktes Land und ein großes, weißes Kreuz am vorderen Bildrand.

„Endzeit der Natur – scheiß Bergbau", sagte jemand. Und ein anderer: „Apokalypse der Technik – Memento mori des Gigantismus."

Und ein Dritter: „Die DDR hat eben alles kaputt bekommen – Friede ihrer Asche." Und er, der es besser wusste, der damals dabei war, als die Klettwitzer F 60 stillgelegt wurde, nach der Wende, nach gerade mal zehn Monaten im Dienst, sagte nichts – allein unter den ganzen Leuten, leerer Magen. Die Geschmackshäppchen am Buffet waren einfach nicht seins.

Unschlüssig stand er da. Was sollte das. Einfach das Licht löschen, lass mich alleine, mach dich fort. Und dann diese Stille.

Ratlos wie er war, ging er noch um das Häuschen herum. Hinten im Garten, zum Feld hin, stand eine Gruppe Damwild, neigte die Köpfe zu den heruntergewehten Äpfeln, genoss das Abendmahl – drei, vier Tiere auch mit fast weißem Fell, aufleuchtend in der Dunkelheit, je älter, je reiner. Und diese Stille.

Nach den Jagdregeln wurden die weißen in freier Wildbahn als „nicht hegewürdig" bezeichnet und sollten gezielt abgeschossen werden. Doch unter den Jägern hier aus den Dörfern galt es als sicher – nenn es Aberglauben, nenn es Erfahrung –, dass, wer einen weißen Hirsch erlegt, binnen eines Jahres zu Tode kommt.

Als er zurück zum Auto ging, was blieb ihm sonst übrig, blinkten die Katzenaugen auf, das brachte ihn wieder ins Gleichgewicht. Und als er startete, als der Motor dann endlich die Stille beendete, fühlte er sich fast erlöst.

15
ANMELDUNG MIT SONDERWÜNSCHEN

„Na, Junge, schreib mich mal ein, ich komme jetzt öfter, meine Nachbarin auch. Bescheinigung habe ich. Ist doch ’ne schöne Sache mit der Tagespflege hier, man hat seine Wärme, man hat sein Essen, man hat wen zum Reden. Na schreibe mal, ich sage nichts mehr.“

„Lass dich nicht stören, schreib mal ruhig weiter, Papier ist geduldig. Du bist doch auch aus Mühlrose, ich kenn dich. Da könntest du mich doch eigentlich frühs gleich mitnehmen, wenn du zur Arbeit fährst.“

„Nee, sechs Uhr ist mir zu früh, da sitzt mein Kopf noch im Magen. Nee, lass mal, geht schon, ist aber auch zu dumm, nicht? Besser wärs, du könntest später. Na lass mal, ich nehms nicht übel.“

„Ja, ja, Fahrdienst ist gut, also geht schon. Du bist doch mit der Sylvia zusammen. Ist doch so, nicht? Wollt ihr bald heiraten? Na nichts für ungut, ich frag ja nur. Sylvia von Schweden war ja auch erst ’ne Flugnutte und jetzt ist sie Königin. Was will denn deine werden? Ach so, Donnerstag kannst du streichen, da kommt die Friseuse zu mir. Das Herz muss stimmen, die Haare müssen stimmen, da halte ich drauf.“

„Hast du das gehört von dem Verrückten in der Siedlung? Da stimmt doch was nicht, seit Tagen hat ihn keiner gesehen. Nee, lass mal, das lass ich mir nicht ausreden, da stimmt was nicht. Der ist ja auch nicht von hier, seine Frau schon, in der Schule warn wir in derselben Klasse. Das konnte ja nicht gut gehen, mit so einem aus dem Gebirge. Und dann in der Kohle dicke Kohle machen und die Fliegerei … Und nicht mal 'nen Trecker im Schuppen und nie in die Kirche. Wir treten unsre Hühner selber, hat mein Mann immer gesagt. Brauchst nicht rot werden."

„Ach, Junge, das ist 'ne schwere Frage: Pudding oder Kompott. Am liebsten wäre mir Götterspeise, die blaue, die wackelt so schön. Aber is nich, habe ich ja verstanden, ist aber auch zu dumm. Na schreib mal Pudding auf, ich werde nicht sterben daran."

„Und sag mal, Junge, bist du jetzt der neue Chef hier von der Sozialstation, oder bloß erst mal so als Übergang? Und die alte ist ja jetzt wohl drüben in der Stadt, habe ich gehört. Aber das ging ja nicht, also hier, meine ich. Da mache ich keine Mördergrube aus meinem Herzen. Immer direkt und ehrlich, sage ich. Aber dass die was hatte mit 'nem Verheirateten im Ort, ich wusste das erst gar nicht, aber das ging nicht. Da konnte man nicht herkommen. Hat auch meine Freundin gesagt. Da gehen wir nicht hin, wenn so eine hier die Leiterin ist. Na jetzt ist sie ja weg, jetzt ist ja alles gut."

„Wo ich sitzen will beim Kaffee? Na nicht bei einem, der keinen Kopf mehr hat. Da hatte ich an meinem Mann genug. Bei der Frau vom Flieger? Wieso, kommt die auch her? Na wenn nur für die drei Tage, dann komme ich erst danach. Also das geht nicht, danach geht es, wenn die dann nicht mehr kommt. Also, Junge, dann trag mich mal erst für nächste Woche ein. Das geht ja gar nicht."

16
FLUSSVERLEGUNG MIT FLUGAUSFALL

In den Dörfern südlich vom Tagebau nannte man sie meist „die Schöpsfrau“, oder wie es hier üblich war – Nachname vor Vorname. Und bei fast jedem hatte sie schon auf einen Kaffee vorbeigeschaut, Haus für Haus in den wenigen Jahren, wenn eben was hochkochte. „Lieber hingehn und reden, am besten gleich, statt viel Papier zu verschwenden.“ Für die Kinder in Neuliebel war sie die „Wassernixe“ – wegen der Ähnlichkeit mit einer der Holzfiguren, die da am Dorfteich standen seit dem Frühjahr, als auch der Spielplatz eingeweiht und das Flussstück geflutet wurde. Die zweite Umverlegung des Gewässers nun schon, diesmal zu besten Konditionen. Bonbons gabs natürlich auch.

Hier in den Fluren der Firmenzentrale, wo sie sich seltener sehen ließ, hatte sie ein älterer Kollege mal „Julia Roberts vom Revier“ genannt, ein Grinsen im Gesicht, das alles heißen konnte. „Ne, ne, nichts für ungut, die packts schon.“ Alle waren damals im Saal gewesen zur Projektvorstellung vor hunderten Kollegen, Vorstand, Landespolitik, als beim Film der Ton ausfiel oder falsch angelegt worden war, das Filmteam stockstarr, dem Herzinfarkt nah – da war sie aufgestanden, hatte spontan kommentiert, jedes Bild, jede Sequenz, fünfunddreißig Minuten lang. Dann Licht an, Spot auf ihr ruhiges Gesicht. Riesiger Beifall. Danach ist ihr keiner mehr an die Karre gefahren.

Heute fehlte ihr was, eigentlich schon die ganze Woche. Zu tun war immer etwas, und immer was, das nicht in den Bauablaufplänen stand. Früh am Morgen – sie war noch nicht mal im Baubüro angekommen – hatte sie schon der schöne Mann angerufen, Morgenrot in der Stimme, da war sie gleich rüber nach Altliebel gefahren – und war eher dagewesen als er. Ein paar hundert Meter nördlich erkannte man den Ausleger der Förderbrücke über der Tagebauböschung im aufsteigenden Nebeldunst. Und die künftige Schöps-Trasse, ein helles Band quer durch die Geländesenke, war erst recht nicht zu übersehen, vom Bagger von der Mutterbodenschicht befreit, für die Suche der Archäologen nach den Stecknadeln der Lausitzer Historie. Dann war es mit der Ruhe vorbei, dann sprang der schöne Mann vom austrullernden Fahrrad, dann stocherte er mit dem Finger in Richtung Sandband mit eingesprenkelten Holzresten – in gebogener Reihe wie ein schwarzes Gebiss. Und von ihnen eingefasst noch ein Pfahlquadrat.

Und nun ließ er seine Worte spielen, ließ vor ihr aus den Holzresten Pfähle aufwachsen und daraus ein ganzes Palisadenrund entstehen. „So um vierzehnhundert." Und nicht genug damit, kletterten nun aus dem Stummelquadrat Pfosten hoch und immer höher, sich zum Wehrturm hinaufschwingend, mit Blick über die Baumkronen zum Bergland im Süden, nach Bautzen mit den grad aufgemauerten Stadttoren im Osten, nach Schleife im Norden, wo sie damals grad mit dem Bau der Kirche begannen. „Also kurz gesagt: Das war mal 'ne Turmburg. Ist schon 'ne Sensation."

Doch während mit jedem seiner Worte die Turmburg nach sechshundert Jahren prächtig auferstand, fiel in nicht mal einer Minute ihre schöne Bauplanung still und leise zusammen. Und natürlich nicht zum ersten Mal. Das hieß Verzug, das hieß Umplanungen, neue Abstimmungen mit den Ämtern, Terminverschiebungen, von denen so gut wie alle nachfolgenden Gewerke betroffen waren. Sie lächelte trotzdem. Und konnte nun endlich in die Zentrale fahren. Sie schob das Wort im Mund herum: Turmburg. Und der Mund spielte mit: Rübensirup. Kaubonbon. Plananpassung. Stauverfestigung. Schimmelsporen. Sahnesoße. Nachtragsverlagerung. Schmollmaulmasche. Schlagerschmalz. Sie konnte schon wieder lachen. Doch die Unruhe verließ sie nicht.

In der Kantine Panoramaschau über die Tische, rechts die Leute aus dem Haus, links die Kumpel „zu Besuch“ aus den Betriebsstätten. Als ihr Blick auf den Maulwurf fiel, war sie erleichtert, stellte den Teller auf den Tisch und den Helm unter den Stuhl. „Ich warte auf den Tag, wo wir nicht mehr reinkommen ins hohe Haus. Am Empfang Einlass nur mit aktuellem Haarschnitt, Helmträger nur mit Sondergenehmigung, Kohle am Stiefel ohne Chance. Kohle bringt gutes Geld, aber schlechte Presse.“ Maulwurf war mürrisch. Sie mochte es, wenn er mürrisch war.

Seitdem er in Welzow die F60 erfolgreich „um die Ecke gefahren“ hatte, gehörte er dazu, zum Kumpeladel – wie sie seit ihrer Flussbaustelle. Kannst du dir nichts für kaufen, steht nirgendwo vermerkt und ist doch für billig nicht zu haben. Jahrelange Vorplanungen und jeden Tag Korrekturen, sich mit den Anwohnern ins Benehmen setzen, unzählige Firmen, Gewerke, Objekte abstimmen, bei Hochwasser und Rutschungen eine Antwort haben, auf Medientrubel und Bürgergruppen reagieren. Am Ende gehört man dazu, ein kleines Licht zwar im Land, doch eine große Leuchte im Revier. Ein paar Jahrzehnte lang zumindest, bis sich wieder alles ändert.

Sie wischte ihm die Rostspur von der Stirn:

„Johannes, der dem Herrn vorangeht und sich seine Beule holt.“ Sie lachte.

„Ja – und geköpft wird.“ Er kramte eine schmutzige Bügelflasche aus der Tasche. Sein Daumen fuhr über die Prägung der Glasmarke am Flaschenboden.

„Weißwasser – habe ich heute früh gefunden. Sie haben endlich die alten Entwässerungsschächte angeschnitten. Bei Schichtwechsel bin ich rein.“

„Ja, na klar, todsicheres Terrain.“

Er überhörte es. Von den Nachbartischen schauten sie schon rüber.

„Die Türstöcke waren in Ordnung. Schade, dass der Flieger noch im Urlaub ist. Der wäre bestimmt gerne mit rein. Vielleicht, dass er die Flasche damals dort unten vergessen hat. Vierzig Jahre.“

„Er hat keinen Urlaub mehr. Jedenfalls nach dem Wochenplan“, mehr sagte sie nicht.

Sonst hatte montags – meistens zumindest – ein Stick mit den frischen Flugaufnahmen der Flussbaustelle in ihrem Kasten gelegen. Ein wortloser Freundschaftsdienst seinerseits. Da konnte sie öfter schon die Gewerke beim Rapport überraschen. Doch seit zwei Wochen nichts mehr. Da fehlte was. Zu wenig, um hektisch zu sein, dafür hatte sie zu viel um die Ohren, doch genug, um ihr die Laune zu verderben.

17
STRASSENBAHNFAHRT VERPEILT

Es war ein Traum. Es war ihm auch einmal passiert. Doch nun war es ein Traum, da war er sich ganz sicher, er wusste auch, wie es weitergehen würde, bis zum Ende, also musste es ein Traum sein, also konnte er lockerlassen, konnte zusehen, was mit ihm ohne sein Zutun passierte, ihm zwar sehr unangenehm (jäh der Anfang, zäh das Ende) in der Erinnerung, doch mit dem Wissen, es als Traum zu erleben, auch endlich, drum irgendwie erträglich. Wer spricht von Siegen? Überstehen ist alles. Es war ein Traum.

Relativ unwichtig war es dabei, dass der Straßenbahnfahrer nicht gut geschlafen und zu Schichtbeginn noch zu viel Hochprozentigen in der Birne hatte, also die Weichenstellung geistig verzögert registrierte und im Angesicht des Hauptbahnhofs erst weit auf der Abzweigung nach Ströbitz die Tram zum Stehen brachte, statt zuvor die Fahrtrichtung nach Madlow (wie in seinem Dienstplan vorgesehen und auch durch die Fahrzielanzeige an der Tramstirn angezeigt) einzuschlagen, wo der Fahrgast – ganz gleich ob mit Ticket oder Monatskarte oder als Träumender – termingenau erwartet wurde. Ist doch völlig egal. Sag ich doch.

Von einiger Relevanz könnte es allerdings sein zu wissen, ob der Traum gar kein Traum war, sondern vielleicht eher eine hypnagoge Halluzination in der Einschlafphase. Und wenn es doch ein Traum war, nehmen wir mal an, in der REM-Phase, das macht sich experimentell am besten, ob er sich als Klartraum manifestierte. Das wäre ja ein riesiger Unterschied, zumal im luziden Traum die seltene, aber schon nachgewiesene Möglichkeit besteht, als Oneironaut in bestimmten Grenzen in den Traum einzugreifen und dabei sogar eine gewisse Beeinflussung der Traumumgebung praktizieren zu können. Ja? Ja.

Völlig unwichtig hingegen war, dass der Straßenbahnfahrer kurz anruckte, die Bahn zurückzufahren anwies, fast zehn Meter, mit dem Heck auch schon retour auf die Kreuzung rollte, um dann, sich aufdämmernd der dieser Handlung entgegenstehenden Dienstanweisung erinnernd, nun wiederum rasant, bzw. resignierend bzw. reumütig („Freiheit ist die Einsicht in die Notwendigkeit", Engels/Hegel), doch mit seiner Bahn dem Gleis in Richtung Ströbitz folgend, ordnungsgemäß an der nächsten Haltestelle (Friedrich-List-Straße, Eisenbahnpionier, nicht zu verwechseln mit Franz bzw. Ferenc Liszt) stoppte, dort kalkweiß/stocknüchtern den Fahrgästen empfahl, die Bahn zu verlassen und mit der Gegenbahn zurückzufahren, was zwar ganz vernünftig, doch im Traum völlig irrelevant war, da dort im Stammhirn des so unzureichend Beförderten nun das am Ziel im 13. Stock eines Gebäudes der modernen Moderne auf dem Tisch liegende Kündigungsschreiben, während er sich als Fahrgast, bzw. Träumender, aufgrund einer Störung im Fahrbetrieb der Cottbuser Verkehrsbetriebe verspätete, sich in einem Gebäude der klassischen Moderne in ein Vertragsangebot (merkwürdigerweise in Griechisch abgefasst) verwandelt hatte. Was natürlich nichts änderte. Aber wo war er nun eigentlich?

18
TREFFPUNKT BRIEFKASTEN

Die Zeit war knapp, doch als die Postfrau unschlüssig vor dem überquellenden Briefkasten stand, in der Hand die Briefe von der Kohle, vom sozialen Zentrum, von McGeiz – und die Flugmodell-Zeitschrift außerdem – klirrte es heftig drinnen im Häuschen, Glas und Blech als Auftakt, gefolgt von scheppernden Alustangen, soweit sie das heraushören konnte, dann war es still.

Der Sperlingsschwarm setzte sich wieder zu den letzten schrumpeligen Äpfeln ins Geäst. Vom Bahndamm dröhnte der Güterzug herüber, da wusste sie endgültig, dass sie spät dran war. Kurzentschlossen zerrte sie den ganzen Papierstapel aus dem Briefschlitz, sortierte Briefe und Zeitschriften auf einen Haufen und warf die Werbeblätter in die Papiertonne, bis auf einmal die Frau aus dem Haus kam, mühsam genug mit den Krücken, dem Flaschenbeutel, samt dem Plasteeimer mit Scherbengerassel. Schritt für Schritt. Als sie am Tor die Postfrau wahrnahm, sagte sie, den zersplitterten Pokal mit dem abgebrochenen Adler in die Mülltonne schüttend: „Sind ja noch genug da."

Die Postfrau reichte ihr den Briefstapel mit den beiden Zeitschriften. Die Frau allerdings öffnete nur die Papiertonne. Ein wortloser Zweikampf, Blicke überkreuz. Hinter einem der Fenster auf der anderen Straßenseite bewegte sich die Gardine, kurz, aber doch von ihr bemerkt.

„Na gib schon her – aber nur die Briefe." Resignierend ließ sie den Deckel der Papiertonne zufallen und mühte sich, den Eimer mit der Post untergehenkelt, an ihren Krücken wieder ins Haus zurück. Schritt für Schritt.

Den Weg ins Nachbardorf im Süden fand das Postauto fast alleine, hundertfünf auf dem Tacho bei der leeren Straße, der einzigen noch durch den Wald. Sechs Wege führten einmal nach Mühlrose, aus allen Himmelsrichtungen – und der Wohlstand hatte noch ein separates Tor, Mühlrose war ein reiches Dorf gewesen vor der Zeit. Dann wurde am Ortseingang der Tagebau aufgeschlossen, der rasierte als Erstes die verstreuten Gehöfte am südlichen Dorfrand weg – und zugleich die Verbindung nach Tzschelln. Das war vor sechzig Jahren, da kamen die Bagger von Trebendorf herüber, gruben die breite Schneise ins Erdreich, auf der die Förderbrücke einfuhr, dreifach so hoch wie das Türmchen der Dorfschule. Dann nahm der Tagebau Fahrt auf, zog südöstlich Richtung Nochten weiter. Wieder eine Zufahrt weniger. Dafür kamen die Gleise der Kohlebahn – und die Kohleverladung gleich hinterm Gasthof. Gute Dauerkundschaft für Martins, wenn sich die Kumpel beim Bier die staubigen Kehlen spülten, während die Frauen im Dorf die eingestaubte Wäsche von der Leine nahmen, um sie ein zweites Mal zu waschen. Der abendliche Beischlaf begleitet vom Geklirr der Waggons beim Rangieren vorm Fenster. Bumsmusik, wenn die Puffer dumpf aufeinanderknallten.

Die Postfrau musste lachen. Auf einigen der Serienbriefe mit Kohlelogo waren automatisiert beide Empfängeranschriften gleichzeitig vermerkt: die alte hier im Dorf und die künftige, nach der Umsiedlung. Doch nicht bei allen, da mach dir mal ’nen Reim drauf. Sie stand vor der großen Glasveranda mit dem kleinen Haus dran, freies Feld drumherum, das eigentliche Dorf gerade noch einen Vogelflug weit zu erahnen, denn die Nebelbänke legten sich schon dazwischen. Die Lehrerin in der offenen Haustür, der sie das Bündel Briefe zum besseren Studium herüberreichte, entschleierte schließlich das Mysterium. So viel Zeit musste sein.

„Wir sind dabei, und der Eisenbahner auch, und die vorn an der Landstraße – da fangen sie morgen mit dem Abriss an. Alle die, die sowieso wegmüssen, die hier verstreut an der Peripherie wohnen, verstehst du, in drei Jahrzehnten im letzten Zipfel der Grube. Grenzlandbewohner. Die Scouts der Umsiedlung. Die im Dorf haben ja erst letzte Woche beschlossen, dass sie umsiedeln, die hatten noch die Wahl gehabt."

Das „Wir nicht" sparte sie sich. Doch die Kistenstapel links der Tür türmten sich schon deutlich. Wer Ohren hat zu sehen, der schweigt am Ende.

19
MODELLFLUGWETTBEWERB

„Totgesagte leben länger. Einer der schönsten Wettbewerbe. Traumwetter auf ein top vorbereitetes Gelände, sogar die Pylons standen schon. Als Erstes natürlich die Begrüßung durch Bernd (unser Mädchen für alles :-)), der schon in seinem Wohnmobil auf die Piloten gewartet hat. Noch nie so viele auf einem deutschen Wettbewerb gesehen, die unterschiedlichsten Nationen Rus/Cz/Aut/Greece/NL/Bel/ sogar ein Scheich aus Katar. Und unsere Jungs, wenn ich mich nicht irre, 38 Piloten. Freitag Training, man musste sich anstellen, wenn man fliegen wollte. Samstag dann Wettbewerb, die wilde Jagd nach Zeiten. Die Organisation der Heads musste straff sein, was der Verein aber top hinbekommen hatte und so wurden bis Sonntag 6 Durchgänge geflogen. Ich musste abbrechen, weil alle meine Motoren hochgegangen sind. Bei Harti lief es deutlich besser und er konnte sich in F3T(Q40) im unteren Mittelfeld platzieren. Bei F3R(Q500), was Harti auch fliegt, ging es zum 3. Mal in Folge aufs Podest und zwar diesmal auf P2 nach hartem Kampf mit „Muffy". Zwischen Uli und mir herrschte im ersten Rennen auch eine spezielle Bindung. Unsere Modelle kamen sich immer näher, bis es am Einser zu einem kleinen „Treffen" kam. Aus meinem Kopf sind die Bilder eingebrannt, wie die Modelle vom Spitzpylon nebeneinander auf Pylon 2 gerast sind. Man kann sich denken, wie die Modelle aussahen. Danke an die Betreuer der Messanlage.

Irgendwie war in Welzow ein frischer Wind in der Szene. Die Krönung war die Vergabe des DM-Titels in F3D, wo Urgestein Norbert unter standing Ovations den Platz auf der höchsten Stufe des Treppchens besteigen durfte und einen Riesenpokal bekam. Es war ein tolles Männerwochenende. Wir fühlen uns in Welzow zu Hause, es ist so schön. Abends wurde bei Wernesgrüner, Jägermeister und anderen Pylonölen philosophiert. Die Damen des Clubs haben sich überboten: Verschiedene Sorten Torte und Kuchen, zudem alles, was der Grill hergab, die leckere Soljanka-Suppe vom offenen Feuer. Wir wurden ermutigt, wieder mehr zu „loggen", was wir auch tun werden. Das macht auch Sinn, weil wir von der Abstimmung her eine stabile Basis haben und die Motorläufe gut reproduzieren können. Der größte Dank geht aber den Welzower Verein. Die Orga, Catering und das ganze Drumherum waren fantastisch. Ihr seid die Besten. Als Neuzugang habe ich gelernt, das Pylonfliegen ein Teamsport ist. Stolz wie Oskar. Nächstes Jahr geht die Hatz wieder von vorne los. Wir sehen uns an der Startlinie! 1 2 3 Turn!!!"

Ein Blick auf den Monitor, ein Blick durchs Fenster auf den Flugplatz. Vergraute Gräser im Wind, so weit das Auge reichte und die kilometerlange Betonpiste der verwaisten Startbahn. Und noch verlorener am Rand die beiden Container, die zwischen sich das Giebeldach trugen, das sie einst binnen eines Tages errichtet hatten. Damals waren lediglich die Fundamente geplant, dann stand am Abend die ganze Gebäudepracht, halb griechischer Tempelbau (von weitem gesehen), halb Containerprovisorium (aus der Nähe).

Außer der Abfallbox erinnerte nichts mehr an das Wochenende. Hinter dem Drahtgitter tanzten colacolorierte Becher und Pappteller in heftigen Senf- und Ketchupfarben bei jeder Windbö in ihrem Gefängnis – ein kinetisches Miró-Kunstwerk, das auf das Müllauto wartete.

Er wusste, dass er mehr als berechtigt war, sich über die Tage zuvor von ganzer Seele zu freuen, doch der Ärger fraß sich durch den Magen, immer noch, rücksichtslos. Es war so ein optimales Wetter gewesen, als sie zur Begrüßung in langen gesamtdeutschen plus multinationalen Reihen über Eck Aufstellung genommen hatten. Er als Vorsitzender des einladenden Modellflugclubs MFC 1954/1989 e. V. hatte ein paar Worte gesagt, lockerflockig das Programm präsentiert, den Sponsoren im Allgemeinen und dem Bergbau im Besonderen gedankt, dann protokollarisch korrekt an den Flugplatzchef als gastgebenden Hausherrn übergeben:

„Völker aller Nationen“, hatte der begonnen, und mit: „Ich danke der großen Sowjetunion“, noch einen draufgesetzt.

Die Hiesigen mussten lächeln, die Bundis grinsten irritiert.

„Hätte die Sowjetarmee nicht am 19. April 45 den Flugplatz besetzt, ihn im Verborgenen – obwohl unüberhörbar – gehütet, 48 Jahre lang, bis zum 15. Juni 93, bis zum Start der letzten Su-24MR in Richtung Marinowka, ständen wir jetzt hundert Meter tiefer in der Grube und lauschten auch hier den Kohlebaggern, wie sie sich am zweiten Lausitzer Flöz 'nen fetten Max machen. Glück auf und Holm- und Rippenbruch! Ich danke der großen Sowjetunion.“

Und da sollte er nicht sauer sein, was sollte das – und noch ärgerlicher war er über Flieger / Schleife / südlich der Bahn, Anmeldungsnummer: W/S-Py 2020. 27, D-O, F3R(Q500). Ein Eigenbrötler zum Wegschmeißen („Verein ist nicht seins"), aber leider auch ein toller Typ in der Community. Der baute sich seine Modelle noch Teil für Teil selbst, Rippen und Spanten von eigener Hand gefräst und geschmirgelt, keine aus einem Bausatz, von Waco oder Riser oder so, na die waren ihm sowieso zu klein. Jedes Jahr war er mit einem größeren Modell gekommen („Kannst dich ja bald selbst reinsetzen"), neidisch umkreist von den Dickbauchpiloten.

In diesem Jahr hatte er ihm extra den größten Vorbereitungsplatz (Doppelmaß der Stellplatzbreite) in der langen Reihe zugedacht – doch umso auffallender war dann (wie eine Zahnlücke im Rentnergebiss), die Leere, als er einfach nicht kam.

Wie das dann aussah.

Und das bei einem von hier.

Kein Verlass auf die Leute.

Einmal und nie wieder.

Der Osten ist auch nicht mehr, was er mal war.

Wenn er nicht so sauer gewesen wäre, würde er ihm noch heute auf den Pelz rücken, um ihm die Meinung zu sagen. Oder um zu sehen, was los ist, wenigstens.

Na, erst mal ein starker Schwarzer.

20 GUNDERMANN (GLECHOMA HEDERACEA)

Es gibt so eine Pflanze – nenne es Unkraut, nenne es Heilkraut, nenne es lateinisch Glechoma hederacea –, die überall, wo man sie wachsen lässt, auch wächst. Mit blauvioletten Blüten am nackten Stängel, die perfekte Romantikerblume sozusagen, mit rundlich-herzförmigen Blättern, mit Kerben am Rand, mit weitläufigen Ausläufern, selbst im Winter grünend mit achtblättrigen Rosetten. Manche nennen sie Heckenkieker, manche Soldatenpetersilie, zur Walpurgisnacht wurde die Gundareba einst zu Kränzen gebunden, durch die man Hexen erblicken konnte. Auf Sorbisch: Poponc. Die ist nicht umzubringen, die gibt es überall, auf Wiesen, am Waldsaum, unter Hecken und Büschen, von Honkong bis Spitzbergen. Hier, in der Spreetaler Fabriksiedlung, in der Straße des Aufbaus, als die beiden Frauen den Namen nannten und nach der Hausnummer fragten, gab es sie nicht.

„Das ist Unkraut", sagte der Mann hinter dem frisch gestrichenen Gartenzaun. „Die reiße ich raus, geht ganz leicht. Da habe ich wenigstens was zu tun." Auch an den Reihenhäuschen war im letzten Jahrzehnt anscheinend viel getan worden, Dachziegel und Wände in allen Farben, die die Baumärkte zwischen Spremberg und Hoyerswerda so hergaben. Einen Spielplatz hatten sie auch gebaut, der Rasen stets ordentlich kurzgehalten, einfach weiterarbeiten, wenn man keine Arbeit mehr hat, irgendwas machen. „Stillstand heißt Schlagfluss. Da reiß ich lieber Unkraut raus."

„Brillenputzspray, Essbesteck von meinem Vater, Kabelknipser, Wasserpumpenzange, Bandmaß, kleiner Löffel, kleiner Phasenprüfer, Kugelschreiber, zwei Taschenmesser, Dietrich, Fingernagelputzer, Feuerzeug, ein großes Messer für Gummiarbeiten im Betrieb. So, dieses Fach hier ist variabel. Brotbüchse, Teeschachtel mit Melissentee, Salz und Pfefferstreuer von meinem Vater, noch aus dem Weltkrieg. Hier drüben habe ich meistens die Mineralwasserflasche mit Blechtasse, und hier ist sozusagen das Schreibtischfach: Notizbücher, Bedienungsanleitung fürs Auto, Bleistift, Diktiergerät. So, das ist mein Überlebens-Set.“

Die Frauen waren früh in Berlin losgefahren, hatten das Auto vorn an der Werkstraße abgestellt und sich dann durch die Nebenstraße treiben lassen. Hier irgendwo musste es sein. Die Adresse stand noch im Internet, samt Telefonnummer, zwanzig Jahre nach seinem Tod, fünfzehn Jahre, nachdem auch seine Frau weggezogen war. Der Regisseur hatte gesagt, dass sie es sich ansehen sollten, ob man dort drehen könne, direkt am Originalschauplatz. Vielleicht sogar mit den früheren Nachbarn.

Der Mann stand hinterm Zaun. Er zeigte auf das letzte Häuschen in der Reihe. „Der mit dem Geigenkasten ist auch am Schlagfuß draufgegangen. Völlig verrückt der, Künstler eben. Kein Alk, keine Zigaretten, kein Schlaf. Na, jetzt wohnen andere dort, normalere, sag ich mal. Deutsche Fahne hinterm Haus.“

„… ich glaube, dieser Stolz, deutsch zu sein, ist das Einzige, was ganz armen Schweinen übrig bleibt, es ist doch das

Letzte, an dem man sich festhalten kann. Ich sehe Leute versacken, die jetzt runtergestuft werden. Wegen Alkohol etc., und früher gab's immer noch so eine Auffangvorrichtung, die Brigade, die hat sich immer gekümmert, dass jeder zur Arbeit kommt, sonst wären sie nicht ‚Kollektiv der sozialistischen Arbeit' geworden. Die haben den früher abgeholt zur Arbeit, sich halbwegs um den gekümmert. Heute, da freuen sie sich, wenn er abgeschossen wird. Dann müssen sie wenigstens keinen anderen entlassen. Das Ans-Deutsche-Klammern ist das Letzte, was dir übrig bleibt, sonst hast du ja gar nichts mehr, dann bleibt dir bloß noch, abzusacken.“

Sie gingen zur Nummer 22. Die Szenenbildnerin sah die Regieassistentin an und winkte ab. Es ging nicht. Zu neu die Fassade, zu bunt die Häuserreihe, zu monoton das frisch gemähte Gras. Hier hat er gewohnt, aber hier würde er heute nicht wohnen. Der Regisseur würde traurig sein, aber es ging nicht. Sie gingen die paar Schritte durchs Wäldchen zur B97, die Richtung war nicht zu verfehlen bei dem Autosingsang, die mussten hier runterschalten. Unübersehbar die Schilder, die auf die Rutschungsgefahr hinwiesen, warnende Scouts auf dem Weg zum See, denen sie den Gehorsam verweigerten.

„Durch einen Grundbruch von 2 Kilometern Länge und 600 Metern Breite am Tagebau Spreetal in Nordsachsen entstand am gestrigen Tag enormer Sachschaden.
Ein Lkw war wohl zeitweise vollständig versunken, kam aber wieder an die Oberfläche zurück und lag dann, zur Hälfte mit Erdmassen begraben, auf der Seite. Der Fahrer des Lkws rettete sich auf das Dach seines Fahrzeuges.

Um 14:23 Uhr erfolgte durch die Leitstelle Lausitz die Alarmierung des Rettungshubschraubers Christoph 33."

Ganz friedlich lag der See da. Die Schotterpackungen an der Böschung lagen noch zwei, drei Meter trocken, so viel musste der Spiegel noch steigen, doch das Flutungswasser wurde langsam knapp in der Lausitz. Und die Rutschung vor zehn Jahren war eine zusätzliche Unterbrechung gewesen. Die Zeit lief zügig, doch das Wasser lief spärlich.

Die Frauen standen auf dem Parkplatz und versuchten, sich vorzustellen, wie am Grund des Sees der Bagger rumgerobbt war, der 1417, bis vor dreißig Jahren, mit dem Geigenkastenmann am Steuer. Friede seiner Asche, still ruht der See. Glück auf und ahoi! Schonzeit für die Kraniche, für den Flussregenpfeifer, für den Säbelschnäbler. Aber die Motorboote warteten schon auf ihren Start.

„Am besten wäre es, das ganze Ufer würde noch einmal ins Rutschen kommen", sagte der Kraftfahrer, der neben ihnen seine Klappstulle futterte.

Sie sagten nichts, sie fragten lieber – nach anderen Fabriksiedlungen hier in der Gegend, nicht „so schön saniert", mehr „so wie früher". Vom Geigenkastenmann zu reden, ließen sie besser sein. Klappstulles Tipp war – zwanzig Minuten mit dem Auto, „oder sind sie zu Fuß, dann fahre ich sie" – die Glück-Auf-Siedlung drüben in Schleife. „Die hinteren Häuser. Aber kriegen sie keinen Schock."

Sie fuhren – auf seinen Rat hin – durch die jungen Kippenwälder, die Kohlebahn kreuzend, auf dem dünnen Asphaltband der Betriebsstraße, immer wieder aufgewellt von den Wurzeln der Kiefern beiderseits, Jahr für Jahr größere Fahrkünste und Ausweichmanöver erfordernd. Als sie Häuser erreichten, erst die von Neustadt, dann schon auf regulärer Straße Mulkwitz, Rohne und Schleife, atmeten sie auf.

Den Abstecher hätten sie sich sparen können. Die Absperrgitter rosteten vor sich hin. Dahinter wuchs das Unkraut hoch, Melde und Gundermann und Knöterich – ein bisschen Urwald, ein bisschen Müllplatz. Und dahinter die Siedlungsruinen mit Sprayersprüchen: blühende Landschaften für Immobilienhaie. Die Szenenbildnerin sah die Regieassistentin an und winkte ab. Es ging nicht. Zu zerbröselt die Fassade, zu ruinös die Häuserreihe, zu lange schon abgeschrieben.

Am nächsten Tag, wieder zurück in Berlin, wurde entschieden, den Film im Ruhrgebiet zu drehen, in Gelsenkirchen-Hassel. Die alte Siedlung der Zeche Bergmannsglück aus den Goldenen Zwanzigern. In der Valentinstraße der Lebensort für die, die ihr nach dem Kohleaus in den Sechzigern treu geblieben waren. Ein bisschen trist, ein bisschen munter, die Leute herb und direkt und verlässlich. Ein bisschen wie Spreetal-NO zu Zeiten des Geigenkastenmannes.

21
VERLASSENER ORT

Du musst ganz sicher sein. Es hilft auch nicht, wenn der Kopf noch zögert, der Routine in der Hoffnung zu vertrauen, dass die Sicherheit schon kommt, indem du einfach mal beginnst wie sonst. Oder auf Zeit zu spielen und zu erzählen, was zu tun ist, wenn schon die Uhr tickt. Und es hilft erst recht nicht, dein Entschlossensein vorzuführen angesichts derer, die es nicht verstehen würden, dich verzagt zu sehen. Und am wenigsten hilft es, formulierten Weisungen zu folgen, wenn du mit dir selber haderst. Ja aber, was hilfts. Sags mir mal.

Die Birne hing schwer am Baum, der fast allein auf der Lichtung stand, nur ein riesiger Hagebuttenstrauch gleich daneben. Die Wiese weitläufig eingerahmt von den Kiefern. Wenn das Rauschen in den Ohren aufhören würde, würde er östlich den Kohlezug in den Gleisen klingeln hören können, gleich hinterm Waldstück. Und wenn die Waggons schon durch wären, könnte er – noch näher – die Autogeräusche hören, stetig an- und abschwellend und nur kurz trommelnd am gepflasterten Abschnitt der Betonpiste. Und wenn der Verkehr mal kurz schweigen würde, würde er von Westen her das Plätschern der Spree hören können, keine hundert Meter entfernt.

Das Gras auf der Lichtung muss erst vor kurzem gemäht worden sein, nicht so fußballplatzmäßig eben wie mit ’nem Motormäher, sondern deutlich erkennbar mit einer Sense, schwingend einen Bogen neben den andern gesetzt. Es kam immer mal einer von den alten Tzschellnern vorbei, sagte dem Birnbaum und der Erinnerung guten Tag – und mancher hatte eben grad die Sense dabei. Er hingegen kam, weil er ratlos war, was er kaum kannte von sich – und seine Leute auf Arbeit an ihm eigentlich nie. Das kam nicht vor, wenn sie vor der Monitorwand saßen mit den Piktogrammen der Bandabschnitte, der Zugbewegungen, der Füllstände des Zwischenlagers, mit den Routinemeldungen aus Tagebau und Kraftwerk. Etwas lauter in der Leitwarte wurde es lediglich, wenn eine Störung reinkam, aber nur kurz. Sie hatten ja immer gewusst, was zu tun ist. Nur heute, als er den Einsatzplan für die nächste Woche schreiben musste – Gerät, Schicht, Besatzung, Name –, wusste er nicht weiter. Und war auch bis jetzt noch nicht mit sich im Reinen.

Auszeit auf der Birnenwiese. Kurzzeitig war er in Versuchung, sie zu pflücken, doch es war die letzte am Baum. Und er wollte nicht den Räuber spielen, manchmal brachten die Alten ihre Enkel mit zur Lichtung, woran sollten die den Baum erkennen, wenn ihnen keine Frucht mehr was erzählte. Er stolperte durchs Niederholz zur Senke nebenan, im feuchten Grund ein Streifen Schilfgras, hellgrün aufglühend. Das war einmal der alte Lauf der Spree gewesen vor der Verlegung, als Kinder waren sie noch in einer Tonne darauf herumgepaddelt.

Hinter der Böschung gegenüber hatte damals das eigentliche Dorf seinen Platz, die Gehöfte versammelt mit Dorfladen und Schule und sogar mit der eigenen Kirche, zwar nur aus Fachwerk und Lehm, aber immerhin. Die Leute der anderen Dörfer im Norden mussten sonntags immer bis nach Schleife pilgern und müssen es bis heute. Sie hier in Tzschelln hatten Gott tagtäglich unter sich gehabt. Und hatten einen eigenen Bahnanschluss und die Pappefabrik. Bis dann die Kohle alles unterpflügte, ihr Dorf als Erstes, alles um und um warf, kein Sandkorn mehr an alter Stelle.

Nur die kleine Scholle Erde hinter der Flussbiegung, Stellkes Gehöft, zur Zeit ihrer Kinderspiele schon „draußen vorm Dorf", war verschont geblieben von den Baggern all die Jahrzehnte: eine Bank im Schatten der Kiefern, ein Findling, ein Birnbaum, ein Heimkommen dann und wann. Oder wenn man ratlos war. Der Flieger war nun schon vier Tage überfällig, in der Schicht fingen sie das schon ab, das war nicht das Problem. Angerufen bei ihm hatte er natürlich, allerdings vergeblich – er wusste auch, dass die Frau wohl im Krankenhaus sein sollte und dass eigentlich dieser Tage ein Termin in der Zentrale angesetzt war, Abteilung Personalentwicklung. Und er ahnte, also er wusste, was da eventuell besprochen werden sollte. Doch was sollte er in den Einsatzplan schreiben.

Das Moped klapperte im Ausrollen, knirschte im trocken gemahlenen Sand der Fahrspur. Schwalbe kam vom Dienst in den Tagesanlagen. „Glück auf!" Er wohnte nun schon eine Ewigkeit in Mulkwitz, hatte dort geheiratet, war bis letztes Jahr Feuerwehrchef im Ort, auch so ein „Schweiger". Der ihm lachend erzählte, dass Tzschelln nun postum noch berühmt geworden sei. Eine multinationale Metal-Band namens Powerwolf hatte in Wacken – der Enkel war grad beim Festival gewesen – einen Titel gespielt, „Tiger of Sabrod" – obwohl Sabrodt ja eigentlich mit dt geschrieben wird –, über den letzten Wolf in Deutschland, der 1904 hier hinten – oder wo früher „hier hinten" war – in den Tzschellner Kuthen erlegt worden war.

Na, Wolfsrudel wandern ja nun wieder alle Tage über die Kippenweiten – es gab Zeiten, erinnerten sie sich, da war hier mehr Aufregung um den Wolf angesagt als über die anstehenden Dorfumsiedlungen. Nicht so lange her – und doch schon wieder eine Ewigkeit.

Er war dann noch beim Döner in Schleife vorbeigefahren, anschließend noch Tanken in Weißwasser und endlich nach Hause. Beim Flieger südlich der Bahn zu klingeln, hat er dann doch nicht mehr versucht.

22
NACHBARIN IN MORGENDLICHER ERWARTUNG

Fast hätte sie verschlafen und das Wichtigste verpasst. Es mag ja umweltfreundlich sein, die Postler in eine Karre mit E-Motor zu setzen, doch sie konnte das nicht begrüßen, wenn die Kunden in Gefahr kommen könnten, man weiß ja nie, doch sie zumindest wusste es sicher, sie zu überhören – und deshalb unter die Räder zu kommen bzw. sie zu überhören in anderen Lebenslagen. Bestimmt gab es schon Statistiken (es gibt über alles Statistiken), irgendein junger Aspirant an irgendeiner Universität hatte bestimmt darüber dissertiert (das sah man ja jeden Tag im Fernsehen in der Ratesendung mit dem grinsenden Kai), doch bestimmt wurden die nicht veröffentlicht, um mit den Zahlen von verunfallten Postautokunden (Leichen pflastern ihren Weg – und bald auch schon in Schleife hinter der Bahn) diesem Amerikaner nicht seine E-Auto-Pläne in Deutschland zu vermasseln. Alle gekauft, das kennt man ja. Doch sie zumindest konnte man nicht für dumm verkaufen.

Zärtlich streichelte sie ihren Wecker mit der Schweizer Glocke (noch vom Busurlaub 1991) und stellte sich ans Fenster, die Scheiben heute nackt, denn sie hatte extra die Gardinen gewaschen, wegen der fettiggelben Griffspur in Handhöhe und auch wegen der besseren Sicht, die trockneten noch hinterm Haus. Vor dem Haus kamen gerade Kinder von der Schule und drehten ihre Pirouetten mit dem Rad und stürzten auf den Asphalt und lachten. Lachhaft das alles. Reiner Zirkus. Moderne Pädagogik, das kennt man ja, und die Kinder stürzen hin und lachen. Und ein junger Aspirant an einer Universität in Arkansas schreibt eine Dissertation darüber. Aber hilft das vielleicht irgendwem? Auf dem Festplatz an der Struga hatten sie ein Zirkuszelt hingestellt und dort lernten nun die Kinder drei Tage lang, statt der Interferenz des Welle-Teilchen-Dualismus, über Glasscherben zu gehen. Und mit dem Fahrrad pädagogisch wertvolle Pirouetten zu drehen und dabei hinzufallen. Und darüber zu lachen.

Mehr aber war nicht auf der Straße zu sehen. Die reine Mittagsleere. Nicht mal paar Blätter im Tanz, die waren schon alle – auch die letzten – zusammengeharkt und ordentlich entsorgt. So weit man sehen konnte aus dem Fenster, nach rechts und links: leerer Asphalt. Totensonntag ohne Tote. Das war ja der Skandal. Da stimmte doch was nicht im Haus gegenüber. Seit Tagen war der Mann einfach weg und keiner kümmerte sich darum. Das sticht doch jedem in die Augen. Aber keiner sieht es, keiner fragt nach, nicht die Firma, die Pfarrerin nicht, bei denen sowieso nicht, nicht der Bürgermeister. Und die Polizei? Fehlanzeige. Wozu gibt es denn die Polizei, wenn die nicht einmal fragt. Haben eben alle ihre Leichen im Keller, da rührt keiner dran. Selbst der Wasseruhrableser, der neulich seine Tour durch die Straße gemacht hatte und in jeden Keller runtergestiegen war und hinten in der Straße sogar ins Bett, wie man hört, wusste nichts. Sagte er jedenfalls. Sie hatte ihn extra gefragt. Der wollte ja nicht mal 'nen Kaffee bei ihr trinken. Und auf die Post war auch kein Verlass. Leerer Asphalt hinterm nackten Fenster und die Zeit tackert immer weiter.

Früher, ja früher. Da gab es den Sozialfürsorgeunterstützungsempfängerausweis mit den kleinen Spalten. Da gab es die Volkssolidarität, die mal gefragt hat. Und es gab die Polizei auf der Wache im Ort, wo man mal fragen konnte, wenn einer weg war. Doch die wussten dann meistens nichts. Es gab natürlich auch „die Organe". Was die wussten, wusste man auch nicht bzw. man wusste, dass die alles wussten. Weiß man ja, steht ja mittlerweile seit dreißig Jahren in der Zeitung. Doch vor allem gab es den ABV. Der kam auch auf 'nen Kaffee rein, der zog sogar die Schuhe aus, mit dem konnte man sich ein bisschen unterhalten – über das Leben, was es hier im Ort im Konsum gibt und was drüben im Kraftwerks-HO, oder darüber, wo die Parka-Typen vom Bahnhofsschuppen wieder einen Gartenzwerg gestohlen hatten und wo man eventuell – Kraftwerksbananen gegen keramisches Kunstgewerbe – einen neuen herbekam. Der hörte einem wirklich zu, wenn man von seinen Sorgen erzählte, oder von den Sorgen mit den Leuten in der Straße, oder mit der Frau von gegenüber – wenn die damals schon dort gewohnt hätte. Nichts gegen den ABV.

Im Haus oben hörte sie „das Söhnle" zur Toilette gehen. Musste wohl wieder spät geworden sein, gestern Abend mit den Freunden. Sie kannte die ja nicht, aber war das ein Umgang? Und dann immer ihre Touren ins Böhmische rüber. Wir kaupeln ein bisschen da drüben, hatte er gesagt, als er mal wieder in aller Herrgotts Frühe wiederkam, völlig übermüdet. Der sollte mal lieber bei dem Mädchen vorbeigehen. Obwohl, so das Richtige wäre die sowieso nicht für ihn gewesen, also ihrer Meinung nach. Er hatte da keine Meinung, aber immerhin, er besaß ja das Besuchsrecht, gerichtlich festgestellt – nur er nutzte es nicht. Nun war sie schon Oma und hatte nichts davon.

Sie trat einen Schritt vom Fenster zurück. Die Postfrau musste wohl ihr Auto einige Häuser weiter abgestellt haben. Jedenfalls stand sie nun auf der anderen Straßenseite vor dem Gartenzaun, die Frau dahinter. Es sah aus wie ein Spiel: Die Postfrau nimmt einen Brief aus dem Stapel, die Frau öffnet die Papiertonne oder den Briefkasten, je nachdem – und die Postfrau wirft ein, je nachdem. Ein Brief nach dem anderen. Alles stumm. Dann müssen sie lachen und reden sogar. Das war jetzt ganz deutlich zu sehen, selbst auf die Entfernung hin, selbst durch die Fensterscheiben bei der gegenlichtigen Sonne. Die müssten auch mal wieder geputzt werden.

23
STURZREGEN

Zuerst nieselte es ganz leicht, ein Hauch Nässe auf ihrem Haar. Später am Nachmittag frischte der Wind auf, Böen in den Ästen, die Eicheln vom rindigen Riesen neben der Baustelle prasselten auf die Abdeckplanen, dann die Regentropfen, auf- und abschwellend bei ihrem Schlagwerkkonzert. Endlich klatschte ihr ein Schwall ins Gesicht, und gleich noch einer, da setzten sie sich ins Auto, um kurz auf Besserung zu warten – doch durch die beschlagene Scheibe sahen sie, wie sich die Baugrube des künftigen Wehrs nun füllte, wie der Wasserspiegel an den Schalungsplatten – stetig eine Rippe nach der anderen – emporstieg, wie kurz vor Schichtschluss die Böschungen abbrachen und versanken, die Stützen keinen Halt mehr hatten und die Rüstung einfach zusammenfiel. Eine Dämmplatte trieb langsam über den neuen See. Da gab sie es auf, zu hoffen. Und von den anderen Baustellen des künftigen Schöpslaufes kamen ähnliche Berichte. Bis der Handyakku runter war.

In den Redaktionen der Zeitungen bastelten sie an ersten Formulierungen: Wettereinbruch, Atlantikschleuder, Überschwemmung, Hochwasser, Sintflut, Zornausbruch der Natur – die eine Bezeichnung jeweils mit jeder neu hereinkommenden Meldung durch die nächste ersetzend. Nur zu „Zorn Gottes“ wagten sie sich – auch mit Blick auf die verschiedenen Religionsgemeinschaften (bzw. ihre reizbaren menschlichen Vertreter) – noch nicht vor. Warten wir mal ab, um zehn fällt die Klappe.

Mit dem Wasser war hier nicht mehr zu verhandeln, doch um sechs hatte sie den Termin in der Feuerwehr in Hammerstadt im Kalender. Also fuhr sie los, die direkte Straßenverbindung war zwar wegen ihrer Brückenbaustelle noch unterbrochen, doch mit dem Umweg über Kreba müsste sie es gut schaffen. Frohe Fahrt. Allerdings: Gleich hinter Reichwalde machte die S 153 einen leichten Bogen, elegant von der Reihe der alten Apfelbäume begleitet, spiegelglatt bei dem Wetter. Einen Ford hatte es aus der Spur getragen, hinein ins kreuzende BMW-Blech. Das Blinken der Warnleuchten spiegelte sich auf dem nassen Asphalt. Das Krankenauto, die Polizei, der Mobilkran orgelten mit ihren Lichtern. Hier kam sie nicht durch, sie saß in der Falle, der Weg zurück und nördlich um den Tagebau herum würde über eine Stunde kosten. Sie tackerte gewohnheitsmäßig auf der Handytastatur. Wer lachte da? Sie selbst.

Im Feuerwehrgebäude in Hammerstadt – bei Tageslicht eine bessere Garage, nun in der nassen Dämmerung ein verlockender Palast aus Licht und Wärme – mühte sich der Wehrleiter, die Schöpsfrau zu erreichen, um den Termin abzusagen. Sie mussten zum Einsatz angesichts der volllaufenden Baustellen. Schweigen im Funknetz. Plattern auf dem Ziegeldach.

Schweigen im Walde. Trommeln auf dem Autodach. Das Navi zeigte ihr, westlich von der Straße wegdriftend, einen dünnen Wegstrich. Ihre Hoffnung zog ihn weiter bis hinunter zum Ort. Da setzte sie zurück, fand auch die geschotterte Wegmündung rechts zur Wiese hinunter, also wagte sie es. Aufatmen. Als sie den Waldrand erreichte, das dunkle Baumtor durchfuhr, wurde der Weg zwar rutschig auf den verrottenden Blättern, doch sie hielt Kurs, und dass es wirklich schnurgrade Richtung Süden ging, gab ihrer Hoffnung Kredit.

Nur die Teiche rechts und links waren eine unangenehme Überraschung: „Winkelteich“, entzifferte sie, dann „Growinateich“, dann „Growateich“, und sie fuhr und fuhr auf dem rutschigen Damm dazwischen immer weiter geradeaus. Und ihr wurde nicht besser.

In Hammerstadt hatte der Wehrleiter inzwischen den Trupp vom Einsatz in Neuliebel zurückbeordert, jeder kleine Graben am Feld war derweil zum reißenden Flüsschen geworden, der Dorfteich dort sowieso schon übergelaufen, die Senke zum Tagebau inzwischen ein passabler See. Gegen diese Fluten konnten sie mit ihrer alten Motorpumpe eh nichts mehr ausrichten. Doch der Damm dort zur Grube hielt, das war das Wichtigste.

In seinen Kindertagen war der Schöps nach Norden verlegt worden, sein Wasser in den kilometerlangen Kanal geleitet, um die künftige Grube herum. Nun war er ein gestandener Vierziger und das Tagebaufeld bald ausgekohlt. Nun musste nördlich, um den Weg für Förderbrücke und Bagger ins nächste Feld frei zu machen, der Schöps wiederum umziehen, nun nach Süden, das neue Bett den Dörfern hier direkt vor ihre Haustür gesetzt, wo zuvor nie ein Fluss gewesen war. Das machte schon Sorgen, obwohl sie mit der Bauleitung gut zurechtkamen. Und die Bauleitung war für sie vor allem die Schöpsfrau, die einen tollen Stand bei den Gewerken hatte, die er eigentlich erwartete, der er jetzt absagen wollte, die er aber nicht erreichen konnte.

Kurz hinter dem Sennteich würde irgendwann der Schmiedeteich kommen und dann – so sagte es das Navi – die rettende Straße zum Ort. Doch der Dammweg vor ihr sagte ihr unmissverständlich in Gestalt dreier mächtiger Findlinge: Hier geht’s nicht weiter. Und ein

Wendemanöver war angesichts der abschüssigen Teichböschungen kaum ratsam. Blieb ihr nur, rund einen Kilometer rückwärts zu rutschen, bis zum Schuppen der Teichfischer am Wegekreuz, den sie vorhin gesehen hatte. Als sie endlich nach endlos scheinender Fahrt im Rückwärtsgang die Bretterbude sah, mit der halboffenen Tür, wurde ihr besser.

Später saßen sie alle verschwitzt in der Feuerwehrgarage. Sie zeigte ihnen auf dem aufgeladenen Handy die Gopro-Bilder des Fliegers, sprach von ihm, als hätte er selbst im Flugmodell gesessen, sprach von ihm, als gäbe es ihn noch, und versuchte, ihnen vor allem ihre Flusssorgen zu nehmen.

„Ich dachte, er ist verschwunden. Haben sie im Tagebau gesagt" – der Wehrleiter tippte auf die Gopro-Bilder.

„Was so erzählt wird. Es gibt Leute wie Lachse, ganz am Ende gehen sie dorthin zurück, wo sie angefangen haben, denke ich."

Das Feuerwehrtor stand offen, draußen klatschten noch immer die Wasser aufs Pflaster. Als sie von der Teichirrfahrt, von den Findlingen und dem rettenden Schuppen erzählte, fiel auch die Angst ab, die ihr noch in den Knochen gesessen hatte.

„Da soll sich jetzt öfter ein Fremder aufgehalten haben, sagen jedenfalls die Teichfischer. Sie haben wohl 'nen alten Parka drin gefunden, so ein Edelstück, mit dem wir früher nach Peitz zum Blues getourt sind. Die Frauen munkeln schon was vom Kindermörder in den Teichen. Was eben so erzählt wird."

„Ja, früher gab es halt Waldelfen und den Wassermann in den Sümpfen. Daran glauben die Computerkinder nun kaum noch und es braucht stattdessen einen Finsterling im Teichschuppen als Kinderschreck. Moderne Pädagogik."

Das Unbehagen der Erwachsenen in Hammerstadt war allerdings, dass sie zusätzlich zum neuen Flusslauf noch ihren alten verlandeten Schenkteich wieder bekommen sollten – mit Badestrand und mit der Verantwortung für die sich dort Erholenden (und potenziell Ertrinkenden), die der Feuerwehrchef auf sich zukommen sah, mit der Anschaffung eines Rettungsbootes, eines Rettungsringes, einer neuen Motorpumpe – und mit den damit verbundenen Instruktions- und Auffrischungslehrgängen für die Kameraden. Und mit der Freude der Kinder im Dorf. Darüber musste ja geredet werden, in aller Freundschaft, verbunden mit den zu beantragenden Fördergeldern. Dann könnte man es sich überlegen, die Dinge abwägen, so und so und überhaupt. Letztendlich sagte der Feuerwehrchef: „Alles ist besser, als Leichen von der Autobahn zu kratzen."

Und draußen goss es immer noch.

24
FALTER, VERSE, VERBORGENE TALENTE

Im Gegensatz zum Menschen (der endlos öde über sich nachdenkt, sich finden will, während er seinen Parkschein nicht finden kann, oder darüber nachgrübelt, welcher neue Hund nach dem Ableben des alten nun die Rolle des privaten Staatspräsidenten einnehmen soll) ist der Schmetterling ein ziemlich aufregendes Geschöpf, das nach rund zehn Tagen unblutig aus dem Ei schlüpft, dann als Raupe zwischen zwei Wochen und zwei Jahren frisst und wächst und sich häutet, frisst und wächst und sich häutet, in bis zu acht Instarstufen maximal, sich dann zum Imago metamorphosiert, verpuppt, die Hülle aushärten lässt, um sich dann nach maximal zwölftägiger Puppenruhe vom Puparium zu befreien. Dann, in kürzester Zeit, geschieht das Wunder: Plötzlich platzt die Puppenhülle auf, der Falter schiebt sich aus der alten Kluft heraus, der Schmetterling schlüpft. Er pumpt Hämolymphe in die Flügel, die nun auseinandergefaltet ihre bunte Fächerpracht enthüllen, wartet noch, bis sie ausgehärtet sind, und ist dann flugbereit. Im Vergleich zu den vielen vorigen Phasen ein eher kurzer Paukenschlag.

Der allerdings beim Lepidoptera fodina minera, den der Junge entdeckt hatte, sich über J a h r z e h n t e hinziehen kann. Kein Wunder, soll doch die größte bisher bekannte Schmetterlingsart, Thysania agrippina, die weiße Hexe, grad mal eine Flügelspannweite von dreißig Zentimetern vorweisen, während der vom Jungen erforschte Lepidoptera fodina minera jedoch, wie der Junge rausbekommen hatte, seine Flügel über mehr als achttausend Meter ausbreiten kann.

„Die Schmetterlinge *(Lepidoptera, von altgriechisch λέπος lépos „Schuppe", und πτερόν pterón „Flügel") bilden mit 160.000 beschriebenen Arten nach den Käfern die artenreichste Insekten-Ordnung. Jährlich werden etwa 700 Arten neu entdeckt. Zahlreiche Schmetterlingsarten sind gefährdet. In Europa ist die wichtigste Ursache dafür der Verlust von Lebensräumen.*
Von Lepidoptera fodina minera gab es vor 30 Jahren noch 17 Exemplare, nun nur noch 4."

Würde man die Flugaufnahmen aus Jahren und Jahrzehnten übereinanderlegen, könnte man die Flügeladern – beginnend mit der Basalregion, über die Diskalregion in der Mitte des Flügels und die Postdiskalregion in der äußeren Hälfte bis zur Submarginalregion in der Nähe des Flügelrandes und letztendlich zur Marginalregion am Außenrand – deutlich erkennen. Ganze Dörfer verschwanden, wo er landete und seine Flügel ausbreitete. Bei Reichwalde z. B. Publik, Schadendorf und Wunscha, außerdem Altliebel und Zweibrücken, Viereichen und Mocholz. Darüber breitete er sein Buntgefieder aus wie ein riesiger Fächer, wie ein Strahlenkranz beim Sonnenuntergang hinter Wolken, wie ein Scheibenwischer im Auto, wie Marias Heiligenschein, wie die wandernde Strosse des Tagebaus, wie der Kopfputz des Dźěćetko aus weißer Spitze. Sandgelbe Flügelpartien neben kohlebraunen, die schillernd bald ins grün changierten. Oder ins Wasserblau. Seine Wunderfalter.

Der Junge saß in seinem neuen Zimmer. Die Schmetterlinge waren seine große Liebe, von der er allerdings niemandem etwas erzählte. Wie von seiner zweiten verschwiegenen Leidenschaft neben den Faltern: die Verse.

„In dem Neste
Droben auf dem Fels ein Sänger lag,
Eingekerkert dort schon Jahr und Tag
Auf der Veste.
Aus dem Kerker
Brach er einst bei mitternächt'ger Weil',
Wollt' herab sich lassen an dem Seil
Von dem Erker.
Doch zerschmettert
Fanden ihn die Wächter morgens schon;
's war im Spätherbst, und der Buchen Kron'
Laubentblättert. –
Aus den welken
Grauen Flechten, die sein Blut benetzt,
Sind nun aufgesproßt und blühen jetzt
Felsennelken.
Aus den Moosen,
Aus den Steinen, die sein Blut bespritzt,
Sind nun aufgesproßt und blühen itzt
Skabiosen.
Augenspiegel
Schweben um die Nelk' und Skabios',
Um die weiß und rothe Waldesros'
Auf dem Hügel.
Augenspiegel

Schweben hier im blauen Freiheitssaal,
Blutge Tröpflein, wie ein blut'ges Mal,
Auf dem Flügel. –
Laß das Trauern!
Von des Leibes Banden ausgeschirrt,
Seine Seele nun als Falter irrt
Ob den Mauern."

Er hatte das Gedicht an seine große weiße Wand gepinnt. Natürlich gab es auch Schmetterlingsgedichte von Rilke, Hesse, Goethe „*Hüpft vom Busen zu dem Munde*", na, das musste ja nicht sein. Da war ihm der Wagner Christian lieber, der ja auch wirklich Schmetterlingssammler gewesen war. Der wusste, wovon er schrieb. So ein abgestürzter, zerschmetterter Ausbrecher, das war schon ein anderes Kaliber. Am liebsten hätte er gleich einen Apollofalter daneben gepinnt. Platz war ja genug, seit der Umsiedlung von Hinterberg nach Kaupe, seitdem er ein eignes Zimmer hatte und Platz an der weißen, leeren Wand – zu klein für einen Lepidoptera fodina minera, na klar –, doch Platz genug für tausend andere Schmetterlinge. Die wollten allerdings erst einmal gefangen sein.

Und mit so einem Schmetterlingskescher – wie auf Spitzwegs Bild in Opas Zimmer früher – durch das Dorf zu gehen, war ihm doch eine unüberwindbare Hürde. Um *so* vertrottelt auszusehen, musste man schon mehr als blöd sein. Es wäre schon peinlich genug gewesen, wenn jemand aus seiner Fußballmannschaft mitbekommen hätte, dass er Gedichte las. Da konnte er sich ja gleich in die Luft jagen – auch wenn Wagner Christian gesagt hatte: „Das Heldentum des Nitroglyzerins erkennen wir nicht an!" Da hatte er andere Helden zu Haus. Nicht leicht zu ertragen, aber immerhin.

Am schönsten war es, mit dem Vater gemeinsam (der dazu sein Handy ausgeschaltet hatte) einen Papierdrachen zu bauen. Der Vereiner mit seinen Hornhautpranken leimte das Lattenkreuz zusammen, derweil die Kinderfinger des Jungen schon die Schwanzschleifen verschnürten, eine nach der anderen. Und dann bespannten sie das Kreuz mit Zeitungspapier, nur keine Hast, die Kanten um die Seitenschnüre biegend und mittels einer dünnen Kleberspur für die Ewigkeit eines Herbsttages verbindend.

Dann machten sie erst mal Pause, wuschen sich die Hände – die unerlässliche Vorbereitung des heiligen Aktes: die Schnur der „Wage" auszutarieren. Wer als Vater hier luschig einen Fehler machte, hatte es eigentlich schon verschissen, der Misserfolg beim Starten war garantiert, wie die Enttäuschung beim sich immer wiederholenden, trudelnden Absturz, der die bodenlose Verachtung des Jungen logisch nach sich gezogen hätte.

Die Krönung der väterlichen Autorität andererseits beförderte es ungemein, wenn der Vereiner reglos auf dem herbstlichen Stoppelfeld stand, während andere Väter sich rennend und den Drachen sinnlos hinter sich herziehend mit hochrotem Kopf zum Affen machten. Der Vereiner wartete einfach – egal wie sehr der Junge auch quengelte – auf den hilfreichen Wind, auf den richtigen Moment, Voraussetzung für den erfolgreichen Höhenflug. Kleine Lehre fürs Leben. Oder wie Churchill sagt: „Drachen steigen am höchsten gegen den Wind – nicht mit ihm."

Das war eine Party auf dem Acker, umso ausgelassener gefeiert, je länger die Schnur sich abspulte, je höher der Drachen aufstieg über dem Lande Lau. Als Festtag nicht zu überbieten.

Dass sie im Alltag auch einen Drachen, also einen Plon, im Hause hatten, früher in Hinterberg und nun auch – nach dem Umzug – auf Kaupe, das war er ja gewohnt:

> *„Ein feuriger Luftdrachen, der demjenigen, bei dem er sich niederlässt, Glück und Segen bringt. Er wendet seinen Günstlingen den Reichthum auf die Weise zu, dass er ihnen durch die Feueresse entweder bares Geld oder Getreide oder auch Milch herzuschleppt. Wem ein Drache zu Diensten steht, der wird ein reicher Mann. Er hat als ein Feuergeist sein Quartier hinter dem Ofen und verlangt, dass man ihm gutes Essen auf die Ofenplatte hinsetze, als Milchhirse, Fleisch etc., was er, wenn alles im Hause schläft, verzehrt. Sonst ist er ein hässliches, greuliches Wesen, das mehrere Gestalten annehmen kann. Der, in dessen Haus der Drache wohnt, findet es gut, ihn zu haben – bis die Nachbarn fragen: Warum hat er auf einmal so viel Milch? Wo hat er das viele Getreide her? Und das viele Geld? Darum möchte der Herr den Drachen wieder loswerden. Aber das ist nicht so einfach."*

Mit den üblichen Drachen zu kämpfen, sie wie Siegfried mit dem Schwert zu erschlagen, oder wie der heilige Georg mit dem Speer zu erstechen, oder wie Bard den Drachen Smaug mit schwarzem Pfeil und Bogen zu töten, war ja leicht. Man war ein Held, erledigte sein blutiges Geschäft, ein paar Drachentötertricks zu kennen, war hilfreich, Margareta von Antiochia reichte schon das Kreuzeszeichen – und die Sache war abgemacht. Nebenbei kassierte man eine Jungfrau als Belohnung, oder einen Schatz, oder ein ganzes Land, oder man wird unverwundbar. Die reine Losbude – wer will noch mal, wer hat noch nicht.

Mit dem Plon zu leben, wie die Eltern, war nützlich, aber ermüdend – wobei der Plon dabei das kleinste Problem war. Doch er bekam ja mit, dass es nicht viel Spaß machte, gegen Missgunst und Neid zu kämpfen, seine Mutter mit Beharrlichkeit und Vernunft, sein Vater Auge um Auge, Zahn um Zahn, und beide mit Erfolg, doch oft zermürbt, das sah er jeden Tag, das war nicht seins.

Er kämpfte täglich mit dem Hund. Seit dem Umzug riss der immer wieder aus – trabte wie hypnotisiert hinaus zum alten Grundstück in Hinterberg, obwohl das Haus dort schon lange abgerissen worden war. Und das Amt des Jungen war es dann jedes Mal, ihm nachzutrotten, ihn wieder an die Leine zu nehmen und heimzuholen ins neue Heim. Mieser Job. Aber immer noch besser als Drachen töten. Vor allem seitdem er dort draußen die Höhle entdeckt hatte.

25
NOVEMBERTAGE

Wenn der Herbst keine Lust mehr hat, lässt er den November machen. Und die Menschen machen, jedweder nach seiner Fasson, was sie mögen. Buntes Leben in der toten Zeit. Die Karnevalisten beginnen zu feiern. Die Unermüdlichen schlachten die Gänse. Die Schützenvereine ziehen ihre Uniformen an, marschieren wohlgeordnet in Formation vom Schützenhaus ins Dorf zu den alten verwitterten, den frisch restaurierten oder den nach der Wende wieder aufgestellten Gefallenendenkmalen – je nachdem und je nach Dorf – und feiern den Volkstrauertag. Trauern um jene, die fehlen – gefallen, geflohen, vermisst. Oder einfach weg. Salut und Schuss. Und der Bürgermeister hält eine Rede.

Auf dem Schleifer Friedhof besuchten die Leute dann am Totensonntag ihre Verstorbenen und in der Schleifer Kirche wurde von der Gemeinde der Ewigkeitssonntag gefeiert. Allerdings in etwas wunderlicher Art. Jahrelang war das Pfarramt hier verwaist gewesen, kein Bewerber meldete sich auf die Stelle. „Vermintes Gelände", hatte der letzte Seelsorger gesagt und hatte sich versetzen lassen. Die Gemeinde war – obwohl vom Hirten verlassen – trotzdem mutig ihren Weg gegangen, jeder vom Kirchenrat trug im Gottesdienst sein Wort bei.

> *„Mein Freund ißt / auserkoren vnter viel tauſent. Sein Heubt iſt das feineſt Gold. Seine Locken ſind kraus / ſchwartz wie ein Rabe. Seine Augen ſind wie Taubenaugen an den waſſerbechen / mit milch gewaſſchen /. Seine*

Backen ſind wie die wachſende wurtzgertlin der Apoteker. Sein Leib iſt wie rein Elphenbein mit Saphiren geſchmückt. Seine Beine ſind wie Marmelſeulen.“
„Vnd da ich meim Freund auffgethan hatte / war er weg vnd hin gegangen. Da gieng meine Seele aus nach ſeinem wort / Ich ſucht jn / Aber ich fand jn nicht / Ich rieff / Aber er antwortet mir nicht.“

Auf der Empore der Kirche wurde es unruhig. Wenige Generationen war der Krieg erst her, im Tagebauvorfeld fand man immer noch Knochen der Soldaten, die dort ihr Leben verloren hatten. Was sollte da „der Freund mit Taubenaugen“? Die Worte sprangen durch die Zeiten, dass es einem schwindlig werden konnte. Luthers Deutsch von vor fünfhundert Jahren. Die Fresken an der Kirchenwand, das Bild der trauernden Frau, noch hundert Jahre älter – und das klagende Liebeslied, von einer Frau vor Jahrtausenden gesungen. Ein Mann war verschwunden, wurde schmerzlich vermisst – und war also nicht vergessen. Trost in der Trauer. Komische Worte für einen Bibeltext.

„So mit Liebe und so. Seine Beine sind wie Marmorsäulen“, kicherten die Mädchen auf der Empore. „Ja, und seine Backen sind wie Wurzeln vom Apotheker, irrer Typ.“ – „Ja, Superman in Schleife.“ Strenger Blick des Vaters. Schweigen auf der Kirchenbank. Knarren im Gebälk.

Ein anderer Kirchenältester las einige Namen, vor anderthalb Jahrzehnten in die Listen des Kirchenbuchs geschrieben. Nachnamen aus Familien, seit Generationen hier verbreitet. Konfirmanden eines Jahrgangs, sechs Mädchen, ein Junge, alle aus dem Kirchspiel, von denen nun keiner mehr im Kirchspiel zu Hause war. Schmerzlich vermisst in der Gemeinde, wie der Redner sagte, aber nicht vergessen. Zumindest an diesem Tag.

„Lisa ist jetzt nach Brüssel bei der EU. Vor drei Monaten waren sie mal hier bei den Eltern. Ich hab das Auto gesehn." Wohlwollender Blick des Vaters. „Nehmt euch ein Beispiel." Kopfschütteln der Mutter.

Leichhardt ging verloren in der Wüste. Der war den meisten ein Begriff. Dass er vor der Einberufung zum Militär desertiert war, wie eine weitere Kirchenälteste erzählte, hörten sie das erste Mal. Verschwunden bei seiner dritten Expedition in der Simpsonwüste. Ein Kohlebergwerk, ein Fußballverein, ein Wahlbezirk sind in Australien nach ihm benannt. Verloren, aber unvergessen – auch im nahen Cottbus, da gab es sogar ein Gymnasium mit seinem Namen.

„Da kannst du auch Japanisch lernen, auf dem Gymnasium, du hast doch das ganze Regal mit Mangas voll", flüsterte die Mutter der älteren zu. Die lächelte ungläubig, Begeisterung sieht anders aus.

Der nächste der Sprecher vorn hielt ein schmales Büchelchen, schon etwas zerlesen vom oftmaligen Gebrauch, doch wer sollte sich stören daran. Und die paar Rilkezeilen vom verlorenen Sohn nahmen sie auch in Kauf:

> *„… und fortzugehn: warum? Aus Drang, aus Artung, aus Ungeduld, aus dunkler Erwartung, aus Unverständlichkeit und Unverstand: Dies alles auf sich nehmen und vergebens vielleicht Gehaltnes fallen lassen, um allein zu sterben, wissend nicht warum – ist das der Eingang eines neuen Lebens?"*

„Ein bissel richtige Bibel könnte schon dabei sein", murmelte einer in den vorderen Bänken.

„Sowas, das man auch kennt", nickte sein Nachbar.

„Nu warte mal. Wird schon noch", sagte seine Frau.

> *„Und er machte sich auf und kam zu seinem Vater. Der Sohn aber sprach zu ihm: Vater, ich habe gesündigt gegen den Himmel und vor dir; ich bin hinfort nicht mehr wert, dass ich dein Sohn heiße. Aber der Vater sprach zu seinen Knechten: Bringt schnell das beste Gewand her und zieht es ihm an und gebt ihm einen Ring an seine Hand und Schuhe an seine Füße und bringt das gemästete Kalb und schlachtet's; lasst uns essen und fröhlich sein! Denn dieser mein Sohn war tot und ist wieder lebendig geworden; er war verloren und ist gefunden worden. Und sie fingen an, fröhlich zu sein."*

Froh waren auch alle in der Kirche, dass nun die hüterlose Zeit in der Gemeinde zu Ende ging. Es waren muntere Jahre gewesen, jeder hatte seines beigetragen, ein bisschen hatten sie sich gefühlt wie die frühen Christen, doch damit war es nun vorbei. Als die Neue sich bewarb, nach ihrer Zeit in der Ferne, ihrem Leben im Libanon, waren doch alle erleichtert. Eine aus der Gegend, die erste Sorbin im Amt, eine, die heimgekehrt war. Ein Sturkopf, wie die Leute hier selbst. Und nach dem munteren Mit- und Durcheinander zuvor sehnten sie sich nach einem kräftigen Wort – so wie sie es nun von ihrer neuen Hirtin zu hören bekamen.

> *„Am heutigen Tag gedenken wir dessen, dass am 11. November 1918 das Ende des 1. Weltkrieges besiegelt wurde.*

Eine kurze, knappe Botschaft gibt uns Jesus an diesem Tag mit auf den Weg: Selig sind die Friedfertigen; denn sie werden Gottes Kinder heißen.
Jesus, der wusste, was Krieg und römische Besatzungsmacht bedeutete. Deshalb nennt er, nach alter jüdischer Tradition die Menschen, die sich für den Frieden – für den Shalom – einsetzen.
Im hebräischen bedeutet das Wort ‚Shalom', einen umfassenden Frieden: Es ist sowohl der Frieden im Menschen selbst gemeint, als auch der Frieden mit seinen Mitmenschen und seiner Umwelt. Shalom. Ein schillerndes Wort, an das Jesus sicherlich gedacht hat, als er die Friedfertigen selig pries."

Draußen, auf dem Weg nach Hause, sprach der eine Banknachbar noch einmal den anderen an:

„Meinst du, dass sie beim *Frieden im Menschen selbst, mit den Mitmenschen und der Umwelt* auch den Verschwundenen von südlich der Bahn gemeint hat?", Sie mussten beide lachen.

„Das meinst du nicht im Ernst. Sie gibt nicht viel auf so ein Gerede, schätze ich mal. Und der, der war doch nie bei uns in der Kirche gewesen. Ich kann nur vermissen, wen ich mal gekannt hab. Also Gott hat ihn nicht gekannt, schätze ich mal."

„Er hat ja sogar Gartenzwerge geklaut als Jugendlicher, weiß ich ganz genau."

26
REISEZIELE, ANBAUPLÄNE

Der Leuchtturm unten im Meer vor den weißen Klippen: Darüber senkrecht aufragend: Die Steilküste, über hundertsechzig Meter hoch an der Landspitze, mit den endlos grünen Wiesen oben. Die ideale Piste für den Motorroller. Der Junge rast mit Vollgas auf die Abbruchkante zu. Dann fliegt die Vespa, fliegt und fliegt – wie auf einem Regenbogen – hinab und zerschellt am Fuß der Klippen. Dann ist der Film zu Ende und die Musik auch. Den hatten sie sich früher – also gleich nach der Wende – immer wieder angeschaut.

Die Frau nahm die DVD aus dem Player und steckte sie in die Hülle. Überall im kleinen Haus lag irgendetwas herum – Zahnbürste und Zeitschriften, Briefe und eine Butterstulle, der Akkuschrauber und ein verschlammter Stiefel im Abwaschbecken – überall lag da etwas von ihm, ihr im Auge, das ihr das Haus noch kleiner machte, wenn sie ihm aus dem Weg zu gehen versuchte. Nun schon fast eine Woche. Dass sie aufräumen musste, war klar.

Als Erstes die DVD und der zerlesene Reiseprospekt von Beachy Head mit den Artikeln vom Seelsorger-Team und ihren Selbstmördern, von Engels verstreuter Asche, von der dortigen Seeschlacht vor drei Jahrhunderten. Alles einmal interessant für sie, alle nun Kandidaten für die Mülltonne. Doch sie rührte sich nicht.

Draußen zog wieder der Treckerfahrer seine Bahnen über den Acker, hintendran die Drillmaschine. Sein Bruder hatte beschlossen, doch noch Winterweizen zu säen. Mit der Kohle war einmal vereinbart gewesen, mindestens mit einer Zwischenfrucht den Boden zu schützen, Rotklee und Weidelgras, auch als Hilfe für das Wild in der Gegend – doch nachdem die Pläne für den Kohleabbau hier auf der Kippe standen, hatte der Bruder sich für Winterweizen entschieden. Und ihm sollte es egal sein, er sah zum Häuschen hinüber, ein Fenster stand offen, doch die Gerüchte waren auch ihm zu Ohren gekommen. Und fragen bei ihr wollte er nicht. Was sollte er auch zu fragen haben.

Sie saß noch immer reglos vor dem Kramhaufen. Mit der Postfrau gemeinsam hätte sie sofort angefangen, ihr Sortierspiel zu spielen: Die Guten ins Töpfchen, die Schlechten ins Kröpfchen. Mülltonne auf, Mülltonne zu. Ene, mene, titschn, tatschn, ene in die Fresse klatschn, ene noch dazu, und raus bist du. Sie könnte sogar singen dabei und vielleicht sogar lachen mit ihr. Doch die würde erst so um Mittag kommen und hätte ja eh nicht viel Zeit. Jetzt war es grad mal um zehn.

Am lästigsten im Haufen waren die Briefe. Schlitzt du einen auf, fängt er gleich an zu fragen. Einen hatte sie vorgestern geöffnet, einen einzigen, der löcherte sie seitdem, was soll aus dem Grabstein werden, was mit dem Urnengrab ihrer Eltern – nun bei der Umbettung des Friedhofes, der zweiten schon, wenn die Mühlroser umsiedeln.

Doch die sollten ihre Eltern auf keinen Fall mitnehmen, die hatten das frische Grab verwüstet damals, nicht nur einmal, hatten die Friedhofsbank mitten auf das Beet gestellt – wegen der Urnenbestattung, die ihr Mann gewählt hatte, als Erster in Mühlrose. Das gibt's hier nicht. Das ist nicht Brauch bei uns. Das lassen wir uns von so einem Zugezogenen nicht bieten.

Und sie hatte es mit anhören müssen, Mühlroser Kind, das sie war. Mitgehangen, mitgefangen.

Ob der Weizen hier noch etwas bringen würde, war abzuwarten. Je näher der Tagebau kam, umso trockener wurde der Boden. Und die Rohrschlange des Randriegels hatte mit ihrem Kopf und dem vordersten Entwässerungsbrunnen schon den Nachbarort erreicht. Korn säen und Staub ernten, sagte er. Und sie hatten noch Glück, dass ihr Betrieb an alter Stelle, in den sanierten LPG-Ställen bleiben konnte. Wenn all die Dörfer, deren Umsiedlung eigentlich einmal für das Abbaufeld vorgesehen waren, sich auf die Reise hätten machen müssen, wäre ihres Bleibens samt dem Maschinenpark nicht mehr sicher gewesen. Obwohl, was der Bruder mit der Kohle für den Fall der Fälle ausgehandelt hatte, wusste er nicht so genau. Wäre vielleicht auch nicht zu verachten gewesen. Aber über Geld redete hier kaum einer.

Die Staubfahne zog vom Feld zum Haus, sie schloss das Fenster und war wieder mit sich allein. Alles, was ihr von seinen Dingen unter die Augen kam, tat weh. So ein dumpfer Schmerz. Der wieder aufbrach, als sie das gelbgrüne Büchelchen sah in seinem Kramstapel, denn das war mal ihres gewesen, das hatte ihr Lehrer ihr geschenkt und die Geschichte von Chamisso dazu, der darin als Erster den „Parka", erwähnte – der Dichter als Klamottenerfinder sozusagen. Und wenn die Volkspolizisten sie in den wilden Jugendtagen auf ihren Tramptouren hochziehen wollten, wegen der „Nato-Uniform", dann hat er Chamissos „Reise um die Welt" aus den geräumigen

Taschen geholt und den Ordnungsorganen was von „nationalem Kulturerbe" erzählt. Und sie konnten unbehelligt weiter zum Blueskonzert. Meistens. Aber es war ihr Buch und ihre Geschichte. Und das tat immer noch weh. Auch wenn der Traum von der Alaska-Reise, zur Chamisso-Insel und zu den Eskimos dort und zu ihren Umhängen mit Kapuze nun eh ausgeträumt war.

27
UMZÄUNTER RAUM MIT MORGENDLICHER TREIBJAGD

In der Nacht war Schnee gefallen, hatte sich wie ein weiches Mulltuch über die Landschaft gelegt. Heile, heile Segen, sieben Tage Regen, sieben Tage Schnee, tut schon nicht mehr weh.

Vor ihm fuhr der Unimog, mit dem Schneeräumer eine nasse Spur hinterlassend, schwarzglänzend im Scheinwerferlicht zwischen den Feldern. Die waren spät dran – eigentlich sollten die Straßen eine Stunde vor Schichtbeginn im Kraftwerk geräumt sein. Das war so eingespielt seit Jahren hierzulande – wenn in Berlin die Stadtreinigung ausrückte, waren sie in der Lausitz schon fast fertig. Meistens.

Der Unimog zog seine Bahn auf der Kreisstraße durch das Dorf, das Neubaugebiet für die Umsiedler links ließ er unbeachtet liegen, die Straße dort war noch nicht abgenommen, stand bei ihm noch nicht im Plan.

Und nicht mehr im Plan stand die Weggabelung nach rechts, die alte Straße nach Hinterberg. Ein weites, leeres Feld für den, der es nicht besser wusste. Vor einem Jahr hatten dort noch vereinzelt die Gehöfte gestanden, verstreut wie Fluchtburgen auf dem Acker. Doch das war ja nun vorbei.

Am Rand der Schonung zum Dorf hin warteten die beiden von der Baufirma auf ihn, alte Bekannte aus Tagebautagen. Jeder musste eben sehen, wo er bleibt. Zur Einweisung war nicht viel zu sagen. Der Auftrag, in viele Einzellose gestückelt, denn es sollte schnell gehen und für langwierige Ausschreibungen war nicht die Zeit: ein Zaun um den Tagebau. Angefangen am Restloch bei Mühlrose, wo der Aufschluss vor fünfzig Jahren begonnen hatte, dann am Kraftwerk vorbei, und noch weiter östlich, entlang der 180-Grad-Kurve der Wendezeiten, dann retour Richtung Westen, an Weißwasser vorbei und an Trebendorf, wo sie jetzt standen und noch eine Zigarette rauchten, oder zumindest zwei von ihnen, und dann weiter bis zum Ende bei Schleife südlich der Bahn, der Weg der Förderbrücke in den Jahrzehnten, die noch kommen sollten.

Und drumherum ein Zaun, reagierend auf den Hinweis der Polizei in den Demo-Protokollen und der Juristen in der Unternehmenszentrale und der Richter in den laufenden Prozessen. Die waren nun beim Baubeginn alle nicht hier an diesem Trebendorfer Wintermorgen, auch keine Wimpelketten, Sektgläser, Brot mit Salz, auch keine klatschenden Zuschauer. Nur er, mit dem Sicherheitskonzept unter dem Arm und die beiden, die inzwischen aufgeraucht hatten, mit ihrem Baggerlader. Sie klatschten in die Hände, um sich die Kälte zu vertreiben und die Stille, aus der Schonung hinter ihnen flogen ein paar Krähen auf. „Fangen wir an."

Das Lasergerät ließ den roten Lichtstrahl kreisen. Sie schlugen die Pflöcke ein, zogen die Schur, markierten mit der Spraydose die Abstände der Pfosten, jeweils drei Meter, die ersten von vierzig Kilometern Zaun insgesamt. Den hatte es bisher nicht gebraucht.

Sie waren vor zwei Jahren in Welzow dabei gewesen, hatten den SRs 1519 gesichert und gesehen, wie die Busladungen der weißen Teletubby-Kinder ihn stürmten und besetzten. „Die Scheißerlein.

Die haben draufgeschissen, die haben auf unseren Bagger geschissen." Und waren nicht verurteilt worden, weil kein Zaun sie hinderte, haben die Rechtsanwälte gesagt. „Ohne durchgängige Einfriedung keine Verurteilung wegen Hausfriedensbruch." Darum nun der Zaun.

Mit der Ladeschaufel des Baggerladers drückten sie die Metallpfosten in die Erde, einen nach dem anderen. Abschnitt für Abschnitt. Vierzig Kilometer. Wegen der klaren juristischen Verhältnisse.

Da war der Sicherheitsmann schon wieder auf Achse, quer über den Acker. Drüben am Waldrand hatte die Jagdgesellschaft ihren Treffpunkt, nun in der Morgendämmerung schon deutlich zu ahnen – zwei Gruppen, wenn man näher kam: Das Dutzend Pächter mit Gewehr und fünfzehn Treiber mit grellen Schutzwesten – wie in jedem November. Ein Fest für alle Schützen. Nicht wie beim Schützenfest im Herbst, wenn zu Beginn zwar alle antreten, dann im Verlauf jedoch einer nach dem anderen aussteigen musste, mit einem resignierenden Schulterzucken, weil nur wenige die dicke Geldbörse hatten, um – im Fall des Sieges – als Schützenkönig Freibier für alle auszugeben. Doch heute war die Stimmung recht gelöst. Das Können würde siegen. Vorfreude schönste Freude.

Er kletterte aus seinem Auto „Glück auf und Weidmannsheil." Das Bergbaurevier als Jagdrevier – da hat er ein paar spezielle Hinweise mitzugeben, wegen der Schonzeit für das männliche Rehwild momentan und: „Bitte nicht in Richtung Treiber schießen: Heute sind die Treiber das wichtigste Volk!" Und auch die Fasane sollten sie schonen, dazu hätten sie sich ja freiwillig verpflichtet. Und eventuelle Spionagedrohnen oder Flugzeuge sind kein Jagdwild, obwohl der Abschuss manchmal Sinn macht.

„Sage ich mal so“, und er lachte.

„Es soll ja schon welche hier getroffen haben“, rief einer grinsend.

„Habe ich von gehört.“ Er putzte sich die Nase. „Weidmannsheil.“

Dann zog die Treiberreihe in das angrenzende Waldstück. Und die Jäger gingen in Position. Einige waren hier in den Dörfern zu Hause, einige kamen aus der Chefetage des Bergbaus, einige waren ehemalige NVA-Offiziere, die nun in der Gegend ihren Frieden gemacht hatten mit sich und der Welt. Mit dem größten Teil zumindest.

Er setzte sich wieder ins Auto, schaltete auf Allradantrieb und schlingerte über den Acker davon. Auf dem Beifahrersitz lag die Tasche mit dem Schreiben vom Luftfahrt-Bundesamt: Darin die kurze Protokollnotiz, dass das verunfallte Fluggerät nicht zur Personenbeförderung zugelassen ist, dass das verunfallte Fluggerät generell nicht zur Personenbeförderung geeignet ist – und dass das verunfallte Fluggerät Spuren von Fremdeinwirkung erkennen lasse (Befund routinemäßig weitergeleitet an die Strafverfolgungsbehörde Görlitz). Punkt.

28
ERINNERUNG MIT ANLASS, EINS UND ZWEI

Sie erinnerte sich. Es war im Jahr zuvor gewesen. Sie hatte links auf der hintersten Bank gesessen, im Schatten des mächtigen Holzbalkens, der die Empore trug. Da war der Mann hereingekommen, hatte sein kariertes, sorgfältig gefaltetes Taschentuch (also ein richtiges, das man benutzte, danach in der Kochwäsche mitwusch, dann bügelte und faltete und wieder bügelte und so stets aufs Neue verwenden konnte) an die Wand gelegt – um dann mit dem stumpfen Ende seines Stiftes dagegenzuklopfen. Immer wieder, immer an anderer Stelle, Balken für Balken der aus Schrotholz aufgeschichteten Kapellenwand untersuchend.

Als einer der Balken mit einem tieferen Ton antwortete, hatte er sich zu ihr umgedreht und gesagt:

„Hören Sie es? Das ist richtiges Schrotholz."

Und als sie ihn fragend ansah:

„Mit einer Seele sozusagen, in jeder Faser gesättigt über Jahre vom eigenen Harz. Und das hält auch über die verschiedensten Zeitenwechsel, über Jahrhunderte. Besser als jedes Holzschutzmittel."

Sie erinnerte sich. Nun saß sie wieder in der Spreyer Schrotholzkapelle, vorn auf dem Altartisch standen die frisch geschnittenen Kirschzweige, die Weihnachten blühen würden, vor der Barbara des Schnitzaltars – die als Heilige für die Protestanten eigentlich keine Rolle mehr spielte, die als Heilige auch schon aus den katholischen

Gedenkkalendern gestrichen war, die als traditionelle Heilige der Bergleute nach der Wende, nun da die Bergleute der Lausitz in Not waren, wieder erstaunlich an Ansehen gewonnen hatte.

„Sankt Barbara, bei Tag und Nacht,
fahr' mit dem Vater in den Schacht!
Steh Du ihm bei in jeder Not,
bewahr' ihn vor dem jähen Tod!"

Denn Sancta Barbara war ja auch Patronin eines guten Todes. Der hatte die Pfarrerin an diesem Tag hier in die Holzkapelle gerufen. Welch ein Kontrast zu ihrer Kirche drüben in Schleife, wo die Leute sonntags aus dem ganzen Kirchspiel kamen, die Rohner und Mulkwitzer, die Mühlroser und Trebendorfer, die Lieskauer und Groß Dübener, die Halbendorfer und die Schleifer – alle vereint im mächtig aufgereckten Gotteshaus, ein mittelalterlicher Fels aus Feldgestein, mit meterdicken Mauern, mit magischen Zeichen umgürtet, so oft geschlagen von der Zeit und immer wieder ihre feste Burg.

Doch nun war sie hier nach Sprey gerufen worden, war eingeladen in die Holzkapelle mit dem kargen Heidefriedhof drumherum, um die Beerdigung für den verstorbenen Pfarrerkollegen aus Klitten zu halten. Den Zettel mit ihren Worten trug sie zusammengefaltet in der Tasche.

„... einstmals habe ich eine Frau getroffen. Sie war vorbereitet. Trug unzählige Verse und Bibelworte in sich. Für ihre eigene Beerdigung hat sie sich folgende Worte gewünscht: „Fürchte dich nicht, denn ich habe dich bei dei-

nem Namen gerufen, du bist mein! Ob sie ohne Furcht gehen konnte, das werde ich erst einstmals wissen. Doch dass ihre Gesichtszüge ganz friedlich und entspannt waren, das haben mir ihre Angehörigen erzählt.
Deshalb: Wohl dem der nicht nur sagen kann: Unsere Kirche predigt die Ewigkeit! Sondern stillen Herzens tief in sich ruhend darauf vertrauen kann: Christus, der ist mein Leben. Sterben ist mein Gewinn. Amen."

So würde sie schließen nachher vor den Trauernden. Doch jetzt war sie noch ganz allein hier an Bord im schwarzbraunen Schiff, vielfach gestoßen, gezerrt und bewährt in all den Stürmen, dessen Schrotholzbalken sich bei jeder Windbö knarrend aneinander rieben, jede Faser eine Warnung: Nichts bleibt, wie es ist. Doch Schrotholz hält länger. Und die Kapelle in Sprey schon seit ewig.

„Heidekorn, Milchhirse, schweigsame Gesichter, ungedielte Stuben und trostlose Sanddünen, die „Wendische Türkei", oder gar „Hundetürkei." Sagt doch der Wende selbst, unser Herrgott habe aus Versehen einen Sandsack umgehängt, wie er als Sämann die Erde überschreitend in die Gegend von Sprey, Tschölln und Slepa kam.
Hier sitzt noch der Rest eines untergehenden Volkes, kaum berührt von den Wogen des Germanismus, Heidebauern in ihren einsamen Dörfern, versteckt hinter Sanddünen und vereinsamt in großen, unabsehbaren Kieferwäldern.
In Sprey z. B. finden sich Hütten, deren Dachfirste eingedrückt sind wie der Rücken einer alten Mähre, deren Fenster verschoben und so klein sind, dass man kaum den Kopf hindurchzustecken vermag, und deren Thüren

für ein Zwergengeschlecht eingerichtet zu sein scheinen. Die ganze Giebelbreite mancher Bauernhäuser übersteigt kaum drei Meter."

Den Mann hatte sie im letzten Jahr noch zwei, drei Mal gesehen, auf der Straße, in der Kaufhalle. Und sie hatte von seinem Verschwinden gehört, das Gerücht eines Tages, schon am nächsten Tag abgelöst vom nächsten.

Dann stand sie auf, klopfte mit dem Finger einige Balken ab, lächelnd, als mal einer wirklich tiefer tönte als die anderen. Sie erinnerte sich. Dann kamen die ersten Trauergäste.

Er erinnerte sich. Die Holzfäller im Tagebauvorfeld hatten ihn angerufen und er wusste diesmal sofort, worum es sich handelte. Nackte, geschälte Holzstämme, noch verwurzelt im Waldboden – doch oben, unter der Krone, die Rinde spiralförmig geschält und in den folgenden Jahren mit Harz vollgesogen. Schrotholz als Bauholz, das Wind und Wetter widerstand. Nun etwas unheimlich so mitten zwischen dem sonstigen Kiefernbestand, ungefähr drei, vier Dutzend Stämme. Da hatten sie doch vorsichtshalber den Förster angerufen.

Er konnte sich genau an den Tag vor vier Jahren entsinnen, als er mit dem Flieger hier war, für ihn fünfzig Kiefern markierte, nachdem sie ausgerechnet hatten, wann er die Stämme ernten musste, kurz vor der Vorfeldberäumung. Die war schneller vorangekommen als gedacht.

Geharzt wurden die Kiefern hier im Forst seit Jahrhunderten. Von den Bauern ringsum, als Zuverdienst, oder von den Pechsiedern. Mit Schaber und Hobel, mit Rinnenzieher und Topf. Schon

Noah soll seine Arche mit Pech abgedichtet haben. Und geharzt wurde hier in den Wäldern noch bis zur Wende.

Harzgetränktes Schrotholz allerdings – dafür hatte sich schon lange keiner mehr interessiert. Bis auf den Flieger – Holz nach alter Machart für sein neues Haus. Ein Lebensplan – und ein Jungenspaß, an dem auch der Förster seine Freude gehabt hatte. Damals. Nun entschied er, die Stämme zu fällen, separat zu lagern und speziell zu markieren: „Fliegers Kiefern." Zur Erinnerung. Erst mal.

29
ERWARTETE VISITE MIT ÜBERRASCHUNGSBESUCH

Kurz vor der Gaststätte bog der Sandweg zum Wäldchen ab, zwischen den Kiefern ein paar Einfamilienhäuser, in den Wendezeiten ungenehmigt hochgezogen – nun die südlichsten Behausungen des Dorfes, seitdem der Ortsteil Hinterberg im Tagebauvorfeld im vergangenen Jahr abgerissen worden war. Die Gutachter des Ingenieurbüros klappten die Stative auseinander, verbanden den Windmonitor, den Sonnenlichtsensor und das Schallmessgerät über die Kabelbündel mit dem Laptop im Auto und ließen den Lärm einen guten Mann sein. Auf dem Monitor unaufgeregte Pegelkurven entsprechend der Frequenzbereiche, darin wohlig eingeschlossen der Störschall vom Tagebau, bisweilen durch einzelne Ausschläge belebt, wenn ein Kiefernzapfen herabfiel. Alles minutiös registriert nach Zeit, Intensität und Windverhältnissen und unwiderlegbar dokumentiert für die Ewigkeit und die Bürgerinitiative im Ort.

Als der Morgen dämmerte nach den durchwachten Stunden, öffnete sie das Fenster, erblickte das Damwild im Garten und spürte, irgendjemand hatte da draußen den Schalter umgelegt, Gott vielleicht, aber nicht wahrscheinlich, ihrer Meinung nach. Dann wurde es ihr klar: Im Tagebau am Horizont, über dem grad die Sonne aufging, standen die Bänder still. Die Welt draußen tönte ein wenig leiser, nicht mehr und nicht weniger, doch ungewöhnlich war es schon. Und dass sie es heute wahrgenommen hatte, war auch ungewöhnlich.

Dann wartete sie – nicht auf den Mann, das war abgehakt. Sie wartete darauf, dass etwas in ihr den Anstoß geben würde, sich eine Stulle zu schmieren oder durch das Zimmer zu gehen und vorn auf die Straße zu sehen oder sogar den Haufen aus Zetteln, Zeitungen und Briefen aufzuräumen. Doch es gab niemand den Anstoß, nicht für das eine, nicht für das andere – und für das Aufräumen erst recht nicht. Sie wartete.

Worauf wartest du denn noch? Es gibt ein Warten in Furcht. Es gibt ein Warten in Freude. Es gibt ein Warten aus Langeweile. Es gibt ein Warten auf ein Geschehen, von dem man wusste, dass es kommen würde.

Warte mal Freundchen, dir werd ich es schon zeigen, was 'ne Harke ist. Es gibt ein Warten auf ein Irgendetwas, das folgen müsste, wenn etwas geschehen war. Es gibt ein Warten voller Misstrauen, in der Hoffnung, dass nichts mehr geschieht, nachdem es passiert war.

O Mann, auf dich haben wir gerade noch gewartet. Es gibt ein Warten mit dem jeden anderen verdrängenden Wunsch, dass nun endlich alles vorbei sei.

Sei nicht so ungeduldig, warte es doch ab.

Später bildete sie sich ein, das feine Geklingel des Glöckchens zu hören, doch da war nichts.

Früher hatte sie diese Zeit im Jahr immer ersehnt. Mit Freude und Furcht zugleich. Es war vor hundert Jahren, hatte die Großmutter erzählt, da kam ein Kaufmann mit seinem Gespann aus dem Preußischen, aus Spremberg herüber, der das Dźěćetko fragte, ob es mit in die Stadt käme, so etwas Schönes hätten sie dort noch nie gesehen.

Und der ihr einen ganzen Silbertaler versprach. Und sie barmte und sie härmte sich. Und sie drehte den Taler in der Hand herum, dass ihr ganz warm wurde. Und er ließ die Peitsche knallen, sie winkte den Freundinnen noch zu, als die Pferdchen anzogen. Zwei Tage später wurde die Leiche blutüberströmt beim Roitzer Wäldchen, wo dann später die SS im Kessel zusammengeschossen wurde – „weißt du doch?" – und das dann später vom Tagebau überbaggert wurde – „weißte doch, nich?" –, gefunden. Das Dźěćetko darf eben nicht raus aus dem eigenen Dorf, das weiß ja jeder. Hatte die Großmutter gesagt.

Sie wäre gern einmal Dźěćetko geworden, aber dafür war sie noch zu jung gewesen und noch nicht im „Brautstand", wie man es sein sollte. Doch einmal war sie als eine der beiden jüngeren Begleiterinnen ausgewählt worden – die, die das Licht trug in der Lampe, die das Dźěćetko führen durfte, weil es doch so schlecht sah, so verschleiert, da keiner es erkennen sollte. Mit weißem Tüll verhüllt – auch die Hände. Mit weißer Haube und besticktem Haarkranz darunter. Mit bunten Bändern und Tüchern, mit Überrock und zwei Schürzen, kunstvoll bemustert über den fünf Unterröcken – und alles mit unzähligen Nadeln zusammengesteckt. Zerstochene Haut. Zwei Stunden braucht es – und eine Anziehfrau –, um sich in Schönheit zu präsentieren, das wandelnde Geheimnis in der vorweihnachtlichen Zeit, mit Sehnsucht und Schauder erwartet zugleich.

Sie wartete. Ob sie die Tür öffnen würde, ob sie hinausgehen würde, wusste sie nicht.

Das Wunder geschieht oder geschieht nicht – und wenn, dann auf wunderliche Weise. Vor hundert Jahren, als Hunger herrschte nach

Brot und Männern in den Dörfern, nach dem Weltkrieg, hatte der Pfarrer das heidnische Mädchen sorbischen Namens in die Kirche geholt, es gesegnet und Christkind genannt und dann von Haus zu Haus geschickt, etwas Hoffnung verteilen als Ersatz für Brot und Männer, wie Fleischersatz aus Maisgries, Kriegsmus aus Rüben, Wurst aus Wasser. Doch die Hoffnung, die es zu den Gehöften trug, war und blieb unersetzlich, auch später zu DDR-Zeiten, also „früher", als es Bescherkind genannt wurde. Seine Tracht und seine Herrschaft im vorweihnachtlichen Dorf blieben unverändert. Nur Braut war nun nicht immer, wer Dźěćetko wurde.

Die drei Kinder kamen erst, als es auf Mittag zuging, gleich nach der Postfrau. Da hatte aber schon der Zettel im Kasten gelegen, den sie jetzt zusammenfaltete und unter den Ärmel schob. Nicht als Geheimnis, so machte sie es eben immer. Und stand noch an der Gartentür am Kasten, als sie das Klingeln des Glöckchens hörte. Sie nickte der Lehrerin zu, die ein paar Schritte entfernt zusah. Das Dźěćetko schlug ihr mit der Rute aus Birkenreisig leicht auf die Schulter und strich dreimal mit dem Handrücken über ihre Wangen. Ohne Hast, ohne ein einziges Wort. Eine Guttat unter freiem Himmel, die den Druck von ihr nahm, wie ein Windstoß, der morgens die Nebelbank über dem Feld beiseiteschob.

Das Mädchen mit dem Korb schenkte ihr einen kleinen Tannenbaum aus Papppapier, mit Teebeuteln beklebt als Nadelkleidersatz. Dann stellten die drei sich nebeneinander auf, ihr gegenüber, verbeugten sich dreimal, stumm wie während der ganzen Zeit, das Glöckchen klingelte wieder. Das wars. Ein Besuch von Minuten nur, in aller Stille, vor dem Haus auf der Straße. Ohne Scheinwerfer, ohne Blitzlicht, ohne Musikfanfare. Es hatte gutgetan. Und die Stille blieb – und die Ruhe in ihr. Und die Bänder im Tagebau schwiegen immer noch. Ein Wunder. Das Warten war vorbei.

Sie aß einen Zwieback mit Marmelade. Sie faltete den zerknitterten Schmierzettel noch einmal auseinander, ein Formular mit dem Logo des vorletzten Bergbaubetreibers. Auf der Rückseite wenige Zeilen, schnell notiert. „Ich komme kurz vor Schichtwechsel vorbei, kann Sie mitnehmen, wenn Sie wollen. Sein Spind auf dem Bagger muss ausgeräumt werden vor der Revision."

Als er hupte, gleich im Auto auf sie wartete, sah er die Krücken und sah, dass das alles eine Schnapsidee war, gut gedacht, schlecht gemacht, doch nicht mehr aufzuhalten in seinem Lauf. Was solls, Erfolg ist nicht endgültig, Fehler sind nicht tödlich. Es ist der Mut weiterzumachen, der zählt. Sagt Churchill. Er schwieg erst mal, bis sie aus der Siedlung heraus waren. Auf der Straße durch den Wald macht er einen Sprechversuch: „Komischer Tag heute, der ganze Tagebau steht. Unten in der Grube klinkt sich der Ladybagger aus, geht ja nun nach Reichwalde, nach der Revision. Und dann: die F 60. Die große Schwinge der Förderbrücke wird ausgetauscht. Zwölf Wochen Ruhe. Dann kann es weitergehen, bis zum Schluss, bis zur Siedlung bei euch, fünfzehn Jahre vielleicht noch."

Sie hörte es und hörte es nicht. Sie fuhren an Mühlrose vorbei. Am Ortseingang das Plakat „Umsiedlung sofort!!!!". Dann das Haus ihrer Kindheit. Dann der Friedhof mit den Gräbern ihrer Eltern, dann die letzten beiden Gehöfte. An der Schranke, an der Einfahrt in den Tagebau, reichte er ihr den Helm. „Muss sein, weißt du ja." Dann ging es hinunter, erst über die eine Rampe, dann über die nächste: zu den Vorschnittbaggern, dann tiefer zur Förderbrücke und dann hinab ins Schwarze, zu den Kohlebaggern.

Als sie hielten, dicht neben dem mannshohen Raupenfahrwerk, half er ihr aus dem Auto, sah ratlos auf die Krücken und hinüber zu den Gitterstufen der Treppe und dachte wieder an Churchill. Sie reichte ihm eine große Plastetasche, gut fürs Laub im Garten: „Schmeiß einfach alles rein." Ihre ersten Worte – eine Erlösung für ihn. Er zog los, die Stufen hinauf zum Mannschaftsraum.

Als er verschwunden war, kam vorn beim Schaufelrad jemand direkt aus dem angeschnittenen Flöz gekrabbelt – rechts und links die zersplitterten Holzstempel der Entwässerungsstrecke. Der Jemand – ein Maulwurf mit Helm. Er stiefelte geradewegs zu ihr hinüber. „Gut, dass er mich nicht gesehen hat." Er deutete hinauf zum Mannschaftsraum, zog sich die Handschuhe aus und umarmte sie lange. „Schwere Zeiten." Er gab ihr eine alte Thermosflasche, zerkratzt und zerbeult: „Seine. Sie stand noch auf dem Tisch im Mannschaftsraum, hab ich für dich gesichert. Die hatte er doch zu eurer Hochzeit von deinem Vater bekommen. Kannste also nehmen. Warte mal ab, wird schon. Wie auch immer." Maulwürfe sind als Seelentröster nur bedingt geeignet. Dachte er. Und kroch wieder in den Berg.

30
FEDERN SPLEISSEN, FUSSBALL MEISTERN

Wenn das Jahr auf sein Ende zugeht und der Karnevalchef in Schleife in der Werkstatt hinten auf dem Hof den Bullerofen anfeuert, versammeln sich die alten Frauen an den langen Tischen um seine Mutter – zum Gänserupfen, zum Federnspleißen, zum Likörtrinken (immer mit einem Bierdeckel oder einer Untertasse auf dem Glas, damit keine Daune hereinfällt) und zum Erzählen. Alte Geschichten und neue Gerüchte.

Und wenn zum Jahresende der Wind die Bäume rupft und man durch die kahle Baumreihe an der Straße von Mulkwitz nach Mühlrose plötzlich sehen kann, was man zuvor nicht sehen konnte, entfaltet das Wrack auf dem Schrottplatz des Tagebaus, in den Augen der Vorbeifahrenden und in den Ohren derer, die davon hören, eine seltsame Strahlkraft, ein merkwürdiges Leuchten (wenn kurz die Wolkendecke aufreißt), eine magische Wiedergeburt im Wort.

Und dann kreist ein großes Flugzeug über den Köpfen der Frauen durch die inzwischen wohligwarme Werkstatt, zieht zwischen Holzspalter und Entsafter seine Flugbahn. Und alle Frauen können es sehen. Und der Karnevalchef, der sonst das Jahr über in seinem Amt, oder als König der Meere beim Neptunfest, oder als Dirigent der Mopedrallye das große Wort führt, schweigt staunend mit offenem Mund, trinkt erst mal einen Korn, nun sieht er es auch. Bis dann draußen – nur zehn Meter weiter – der Güterzug mit der stündlichen Walzstahlfracht über die Bahngleise donnert und alle für eine Minute zum Schweigen bringt.

Der ist im Nachbarort, in Trebendorf, schon durch, unbeachtet von den Honoratioren, Journalisten und Junioren im Kindergarten. Die machen sich selbst ihren Krach. Die Einweihung des Wasserspielplatzes soll festlich begangen werden, praktischerweise kurz vor dem Pokalspiel nebenan beim Fußballverein, da müssen die Fotografen von der Zeitung nicht zweimal kommen.

Reden sind langweilig, also erobern die Kinder spielend die Wasserpumpe und das anschwellende Flüsschen und den Modderpampenteich, der sich nun unter Anleitung der stolzen Leiterin zum Katharinenteich verwandelt, das Original heutzutage längst trockengefallen, einst abgelegenes Wasserreich im Tiergartenwald, mit sagenhafter Burg zweier königlicher Schwestern, Mala und Katharina, bis deren Pracht in geschwisterlichen Fehden unterging. Das spielen sie nun mit zwei durchgeweichten Pappmonarchinnen, bekleckerten Plasterittern im Kampf – und mit einem Flugzeug als Opfer, auf dem es sich (pädagogisch wertvoll, weil das Humanmaterial, oder um den historisch belasteten Terminus zu vermeiden, die Abbilder menschlicher Kämpfer schonend) genussvoll einstechen lässt. Das Flugzeugwrack als Opfersymbol an sich. Das Gerücht, zur alltäglichen Gewissheit gewandelt, wird zur gelebten Legende. Sagt der Sagenanalytiker.

Nebenan, auf der Tribünenseite des Fußballplatzes, füllen sich die Ränge. Die Fans formieren ihre Schlachtreihen. Eintausenddreihundert grün-gelbe Auswärtige treffen auf achthundertvierundfünfzig blau-gelbe Trebendorfer. Die Kampfregeln sind formuliert, im Internet publiziert – und werden nun vor Ort per Lautsprecher noch einmal präzisiert.

> *„Folgende obligatorische Fanutensilien sind erlaubt: Zaunfahnen (Aufhanghöhe max. 1,50 m) Schwenkfahnen,*

große und kleine Schwenker, Megaphone und Trommeln (eine Seite offen), Doppelhalter. Spruchbänder werden auf beleidigende Inhalte kontrolliert. Turnbeutel und Gürteltaschen können mit ins Stadion genommen werden. Bitte lasst Taschen und Rücksäcke, die die Größe A4 überschreiten, im Auto.“

Die Fanblöcke waren sorgsam getrennt worden, schon auf den Zufahrtswegen, dann durch die separat zugewiesenen Parkplätze und auf der Tribüne sowieso. Die Bänke hatte man zuvor vorsichtshalber demontiert. Sitzbock soll nicht zum Schlagstock werden. Mitten im Tumultgelärme: Einmarsch der Gladiatoren, Anpfiff, wildes Gebolze.

> *„Fortuna Trebendorf, in der Landesklasse (7. Liga) derzeit auf dem letzten Tabellenplatz, führte gegen den Spitzenreiter der Oberliga (5. Liga) Chemie Leipzig mit 3:2. Der Leipziger Eric Berger prüfte mit einem Flachschuss den vom Feldspieler umgeschulten Trebendorfer Schlussmann Guilundo. Die Leipziger antworteten mit wütenden Angriffen, aber Druschky traf aus Nahdistanz nicht, Karau köpfte knapp vorbei, und vergaben dann sogar einen Strafstoß. Guilundo war in der richtigen Ecke, leitete sofort einen Angriff ein, der freie Bartkowiak traf aus Nahdistanz. Und auch ein Konter der Gastgeber saß: Schönlebe eroberte den Ball, Piatek passte ihn in die Spitze, wo Kuznietsov enteilt war und allein vor dem Tor eiskalt zum 3:2 einnetzte …“*

Doch das kennt ja jeder, dazu muss man ja nicht extra hin. Und das Fernsehen bringt es eh. Die wirklichen Schlachten werden sowieso auf der Tribüne unter den Fans geschlagen. Unter ihnen auch der Förster mit seinem Flügelhorn, glücklich, seine Lungenkraft ungehemmt strapazieren zu dürfen, sich nicht wie im Bergmannsorchester disziplinieren zu müssen, alles Kampfgeschrei übertönend. Denn die wirklichen Duelle werden mit der feinen Klinge spitzer Bemerkungen ausgetragen.

Nicht zu erkennen auf den ersten Blick dabei: die subtilen Trennungslinien im Block des so homogen wirkenden Trebendorfer Anhangs. Da sind die ganz alten Namen der einstigen Schlucker- und Muckerbauern. Da sind die alten Zugezogenen aus der Zeit, als das Kraftwerk gebaut und der Tagebau aufgeschlossen wurde. Da sind die neuen Zugezogenen, die nach der Wende das Trebendorfer Idyll entdeckten. Da sind, ganz wichtig, die Hinterberger, die grad umgesiedelt wurden. Und da sind, momentan noch wichtiger, die Trebendorfer, deren Häuser stehen bleiben, denen der Bergbau zwar das Vereinshaus, den Kindergarten, den Schusterhof, die sanierte alte Schule und die Friedhofskapelle zukommen ließ, aber keine Überweisung auf das Konto jedes Einzelnen, als Entschädigung für Lärm und Staub, wenn der Tagebau demnächst hart am Dorf vorbeiziehen würde. Aber das war – heute zumindest – kein Grund, die Messer zu wetzen.

Was aber, wie seit einem Jahrzehnt nun schon, die Worte scharf machte wie Meerrettich und manchem die Tränen in die Augen treibt gleich Senf und Schwefel, Neid und Missgunst, Hass und üble Nachrede, das sind die Fehden zwischen der freiwilligen Feuerwehr, der traditionellen Macht im Dorf, und dem Sportverein, den ruhmreichen Newcomern. Und speziell die Fehde zwischen dem Sportvereinschef einerseits, der zu den Umsiedlern aus Hinterberg gehörte, der zuerst für das Dorf das neue Vereinsheim vom Bergbau erstritten hatte und dann für sich höchstpersönlich seinen kleinen Palast. Und andererseits dem Feuerwehrchef, ruhmreicher Sieger in unzähligen Wettbewerben, der eigentlich, weil im Ortsteil nach Schleife hin wohnend, auch umgesiedelt werden sollte, nun aber nach den abgespeckten Plänen, bleiben konnte, wo er war – und der auch für sein neues Feuerwehrgebäude das Geld von der Gemeinde, dem Landkreis, dem Land bürokratisch aufreibend zusammenkratzen musste, statt etwas von der Kohle zu bekommen.

Nun beim Spiel war allerdings von den beiden großen Zampanos, den feindlichen Brüdern, im Stadion nichts zu sehen (der eine rührte im Büro schon die nächsten Vereinshaus-Highlights an, der andere schob Dienst in der Wehr). Schillers Räuber wurde also heute mal nicht auf die Bühne gebracht – umso mehr beherrschten unangefochten die Gerüchte vom abgeschossenen Flugzeug das Zuschauerparkett. Vor allem fokussiert auf die Frage: Wer hatte geschossen? Der, der was hätte sagen können, der die Wirklichkeit kannte, der Förster als Beinahe-Zeuge, wurde nicht gefragt. Was zählt letztendlich, wenn Realität gegen Spekulation antritt?

Was derweil auf dem Feld an Schüssen fiel, verbuchte man unter der Kategorie „ferner liefen". Das war ja zu erwarten gewesen.

> *„In der Verlängerung erspielten sich die Leipziger Chance um Chance. Einen klassischen Angriff vollendete Druschky aus Nahdistanz zum 3:4. Und nach Doppelpass mit Druschky kam Torwart Guilundo zu spät gegen Bury und foulte den Leipziger. Heinze machte aus elf Metern den Sack zu."*

Dabei ging völlig unter, dass im Dorf derweil alle Luftballons der Anfahrtsmarkierungen kunstgerecht erschossen worden waren – ein Schuss, ein Knall, ein schlaffer Ball. Trübsinnig hingen die Gummiwracks nun aufgereiht an den Zäunen. Kein Fall für den Polizeibericht. Nur Arbeit für die Vereinsmitglieder. Und Trauer für die Trebendorfer Kinder.

31
„SCHWARZE PUMPE“, PRENZLAUER BERG

Es gibt Gerüchte, Sagen und Legenden – wer sie glaubt, wird selig. Es gibt Geschichten, Erzählungen, Romane – die guten werden gefressen, die schlechten vergessen. Und es gibt Erlebnisse, die einfach wahr sind. Dass er die braunen Stücke gegessen hat, zum Beispiel. Er schmeckte der Kohle ab, ob sie gut genug war für die Brikettfabrik oder ob sie als Kesselkohle ins Kraftwerk gehen sollte. Das Filmteam hatte es gedreht, eine Woche später wurde sein Tagebau runtergefahren. Die letzte Schicht bekam einen Blumenstrauß, eine Video-Kassette und ein Zierbrikett mit Sonderprägung. Das hat er ihr geschenkt – zehn Jahre später –, als sie ihn ambulant betreute, als es zu Ende ging mit ihm.

„Tagebau Scheibe 1985–1996“, stand als Prägung, und von Hand mit roter Farbe nachgeschrieben, auf dem schwarzglänzenden Brikett. Das hing nun an der Wand, neben alten Industriefotos, Manometern, Stellrädern, über ihrem Stammtisch hier. Sie hatte es der Eckkneipe als Dauerleihgabe anvertraut, ihr Stückchen Heimat inzwischen in der Hauptstadt. „Schwarze Pumpe“ hieß sie, guter Mokka, gutes Bauernfrühstück, gute Preise (für Berliner Verhältnisse).

Sie war „die Chefin“ gewesen, hatte die Sozialstation in Schleife zum Laufen gebracht und war dann holterdiepolter versetzt worden. So was lässt du mit dir machen, oder du wehrst dich, oder du suchst dir was Besseres. Sie hatte sich kurz entschlossen ihre Papiere geben lassen, war zum Bahnhof gegangen und mit dem nächsten Zug nach

Berlin gefahren, das Brikett in der Tasche. Er hatte früher einmal gesagt, bis dreißig sei das Leben eine offene Hand, danach trägst du 'nen Ring, oder ein Finger fault dir ab, oder wird abgehauen, mach dir keine Illusionen, oder du bekommst die Gicht, oder jemand nimmt die ganze Pfote, mitgehangen, mitgefangen, du hast keine Wahl mehr. Mach, was du willst, aber mach es rechtzeitig.

Das zweite Stück Heimat-Reminiszenz waren ihre vier Wände. Plattenbau vom Typ WBS 70. In Weißwasser am Schweren Berg im sechsten Geschoss. Mit Blick auf den vorbeiwandernden Tagebau. Hier im Prenzlauer Berg, Greifswalder Straße, der gleiche Typ, aber im elften Geschoss. Mit Blick auf den Georgen-Parochial-Friedhof. Alte Erbbegräbnisse: Bankiers und Brauereibesitzer, Kapellmeister und Kommerzienräte früherer Zeiten. Und ein Goethefreund und ein Freund der Blinden. Als die Platte hochgezogen worden war, in den Siebzigern, wurde nebenan der Friedhof geschlossen, der wilden Natur überlassen – dann seit der Wende allerdings wieder durch jüngere Gräber „belebt“. Urwald und Totenreich munter vermischt, für sie einen Spaziergang wert, von Eichhörnchen und Wiesel beäugt.

Die „Schwarze Pumpe“ war für sie eine Zufallsentdeckung gewesen und wurde nun ihr Büro, solange sie ihren Pflegedienst organisierte: die Leute, das Geld, die Räume, die nötigen Verbindungen. Das Wissen hatten sie ja aus der Lausitz mitgebracht. Natürlich traf sie hier auch andere Exilanten, doch eher selten, die meisten Gäste kamen aus dem Kiez oder aus München (des Rosenbiers wegen) oder aus dem Ruhrpott.

Überhaupt war es anfangs so, dass ihr ständig in den Straßen Gesichter begegneten, mit dem Aussehen einstiger Bekannter, die ihr vor Jahren und Jahrzehnten in der Lausitz über den Weg gelaufen waren. Als seien die gar nicht älter geworden, nur sie selbst inzwischen. Ein wenig verwirrend für sie, aber auch etwas, an das man sich gewöhnen konnte. Waren es halt die Kinder derer, die sie gekannt hatte. Oder Klone aus der Eiskammer. Oder ein Bier zu viel. Auf alle Fälle hielt sie sich mit dem Grüßen nun doch etwas zurück. Wie die Berliner ja auch.

Als sie dem Kellner zunickte, um zu zahlen, sprach er sie an, dass sie doch aus der Gegend stammen würde, und ob sie schon vom Flugzeugabsturz gehört hätte, einer der Gäste hätte es beim Brunchen erzählt, dass da die Kiefernwipfel den ganzen Flugzeugrumpf aufgeschlitzt hätten und dass wohl die genaue Zahl der Toten noch nicht bekannt sei, aber ein Inferno sei es gewesen.

Und er habe extra vorhin die Nachrichten im Fernsehen geschaut, aber vom Flugzeugabsturz bei Weißwasser sei kein einziges Wort gesagt worden.

„Wozu schaut man da Nachrichten?“

Und:

„Frühstück mit großem Milchkaffee: Acht fünfzig macht das dann. Und schönen Tag noch.“

32
CHORPROBE

Sie probierte die Hauben durch, verschiedene Größen, unterschiedlich bemustert. Die Postfrau reichte ihr die Kleidungsstücke zu, sie drehte sich vor dem Spiegel, sie lachten – über das Aussehen, über die Verwandlung, über die eigene Eitelkeit. Es war ein bisschen wie zu Kinderzeiten, als sie den Kleiderschrank der Großeltern durchstöbert hatte, oder das Heiligste: die Truhe. Ein bisschen große Dame spielen oder Vogelscheuche oder Clown mit Schlotterhosen. Nun suchte sie eine Tracht, die richtig saß, die sie verwandelte. Jemand anderes zu sein, kann auch ganz angenehm sein. Sie waren extra früher gekommen, Zeit war genug.

Der Probenraum unter dem Dach war heute der einzige im Kulturzentrum, in dem noch Licht brannte. Die Postfrau hatte sie abgeholt und mitgenommen – sie würden immer jemanden brauchen können, egal ob Tänzer, Sänger, Musikanten – und sie käme mal raus. Geige würde schon wissen, was Sinn macht. Man hätte ihn auch Dudelsack nennen können oder Tanzmeister oder Alleskönner, doch meist gab er mit seiner dreiseitigen Geige den Takt vor. Und kurz war der Name auch.

Nach dem Durchprobieren der Trachten probierte er mit ihr, was ihr Part sein könnte. Einen Krückentanz hatten sie nicht im Repertoire, das schied erst einmal aus. Die Flöte spielte sie noch leidlich, da könnte es mal – probieren, probieren, probieren – der Dudelsack werden. Mal sehen. Doch singen ging wider Erwarten gar nicht. Sie kannte die Lieder, ohne Frage, sie hatte früher immer mit der Großmutter gesungen, noch das richtige Schleifer Sorbisch. Doch jetzt brach ihr spätestens nach einer halben Strophe die Stimme weg. Es ging nicht.

Dann schickte Geige sie ins Dunkle der Kleiderkammer, ließ jedoch die Tür halb offen. Und sie begann zu singen und brach wieder ab. Und sie begann noch einmal, eine ganze Strophe und noch eine. Und drinnen im hellen Raum, in den inzwischen die anderen der Gruppe eingetreten waren, wurde es leise. Und sie sang das ganze lange Lied bis zur letzten Strophe:

> *„Des schwarzen Gottes*
> *altes Königreich*
> *bewohnt jetzt ein Rabe.*
> *Altes Moos grünt auf dem Felsen,*
> *der einst der Altar war."*

Und dann war es still. Als sie durch die Tür ins grelle Licht trat, reichte Geige ihr sein Taschentuch, sah dann allerdings, dass es zur Nachnutzung etwas ungeeignet war. Lacht da jemand? Ja, alle. Die Probe konnte beginnen.

33
BAGGERTRANSPORT

Zuerst stieg ein Multikopter auf, dann der zweite und dann der dritte. Die Piloten standen aufgereiht am Waldrand, hatten sich respektvoll zugenickt, ihren Monitor vor dem Bauch, die zeitgemäße Ritterrüstung. Die Luftschlacht konnte beginnen.

„Fehlt nur noch Flieger mit seiner Maschine, das gäbe ein schönes Drohnengemetzel, ohne Rücksicht auf Verluste."

„Weiß wer, was nun ist?"

„Kannst auch sagen: Was mit ihm war. Das ist ja das Dilemma, keine Spur. Und wen willst du fragen."

Der Tagebauleiter wartete. Der Auswechselspieler wartete.

Der Elektriker kam zu ihnen herüber. Sie kannten sich seit Freiberger Studienzeiten, die Liedzeilen als ewige Kennung.

„… wie haamlich klingst du doch,
du deitsche Mottersproch!
O Arzgebirg, wie bist du schie!",

Keiner hatte das besser drauf als Flieger, „als dort Geborener", wenn er da war. War er aber nicht.

Die Drohnen kreisten auf programmierten Bahnen. Im Fokus der Kameras, mangels aufregenderer Motive: die drei Männer. Denn dem eigentlichen Hauptakteur, dem SRs 1571, war erst einmal die Puste ausgegangen. Abgekoppelt vom Stromnetz des Tagebaus lieferte ein mobiles Stromaggregat die nötige Energie, zwei Container auf einem Tieflader, aus Holland angemietet. Bisher war auch alles nach Plan gegangen. Doch auf der langen Steigung am Tagebaurand entlang, den Schweren Berg hinauf, reichte die Power nicht. Nun sollte noch ein weiterer Generator aus der Grube dazugespannt werden. Am schwierigsten dabei: die Frequenzen zu synchronisieren. Der Elektriker wurde wieder gebraucht.

Der Auswechselspieler war eigentlich mal als Mannschaftskapitän des Unternehmens gehandelt worden, nun höchstens noch für die Reserve. Mit dem Verkauf des Konzerns hatte in der Zentrale das große Stühlerücken in den oberen Etagen begonnen. Wer zuvor in vorderster Linie stand, fand sich nun in vorderster Schusslinie wieder – Buhmann für die Kohlegegner, Kostentreiber für die neuen Gesellschafter. Was er in den vergangenen Jahren bei der Umsiedlung der Dörfer verhandelt hatte, war den neuen Spitzrechnern einfach zu budgetintensiv. Heimatliebe schön und gut, aber nicht zu diesen Konditionen. Punkt. Will er nicht selber gehen, haben wir einen ruhigen Abstellplatz für ihn. Und für die Medien ein paar Denunziationen. Konzern und Kohlegegner Hand in Hand.

Nun sollte er eventuell Herr über fünfundzwanzig Kohlezüge werden und über dreihundert Kilometer Gleisanlagen. Zu denen würden demnächst noch die drei Kilometer der heutigen Baggertrasse kommen, auf denen anschließend die Gleise des neuen Streckenabschnitts der Waldeisenbahn verlegt würden. Auch so ein (zu teures) Projekt, das er damals mit Weißwasser ausgehandelt hatte.

Die Kameradrohnen stiegen wieder auf. Die Motoren des Baggers fuhren hoch, das Raupenfahrwerk setzte sich in Bewegung. Der Tagebauleiter konnte sich wieder auf den Weg machen:

„Wenn ihr was hört vom Flieger, gebt Bescheid. Aber bitte keine Gerüchte."
„Keine Angst, mit Gerüchten kenne ich mich aus. Da bin ich resistent inzwischen."

Die Sandkörner tanzten Ballett auf dem schwarzen Laub. Der Boden vibrierte unter den dreitausend Tonnen. Der Bagger war ja einer der kleineren Sorte, hundertsechzig Meter lang. Von der Spitze in vierzig Metern Höhe konnte man schon das Tagessoll sehen, den Aussichtsturm auf der Bergspitze. Dann würde es über das Kippengelände gehen, sechs Meter in der Minute, dann über das Bundeswehrgelände, dann nach zwei Wochen in den Nachbartagebau zur neuen Arbeitsstelle. Achtzehn Kilometer insgesamt. Klare Ziele.

Seine Ziele waren ihm weniger klar, der Abstellposten konnte es eigentlich nicht werden. So einfach verschwinden, war auch nicht sein Ding. Er war ein „Heimschisser", wie er lachend sagte, da ist Weggehen keine Option. Totes Gleis.

34
ASSERVATENUNTERSUCHUNG

Es ist ja nicht so, dass nichts geschieht. Zum Beispiel bekamen sie mit dem Wechsel der Unternehmenseigner neue Stellenbezeichnungen. Dem Tagebauleiter unterstand nun ein Administrator Lagerplatz (neuer Terminus), von dem er in der Kantine (neue Bezeichnung: Servicepoint Kulinarik, neues Logo folgt zeitnah) angesprochen wurde, was nun aus dem Wrack werden solle. Denn erstens störe es das Schönheitsempfinden, zweitens hätten es schon Leute durch den Zaun fotografiert (auf entsprechende Medienanfragen bräuchte man da nur warten) und drittens könne es doch nicht schaden, kulturelle Wertvorstellungen aus dem Land der neuen Eigner zur Maxime des unternehmerischen Handelns zu machen:

> *„Die Welt könnte ohne viele Dinge auskommen, ohne Seidenpapier, Springbrunnen, Strickwaren, es ist unsinnig, sie für so wichtig zu halten, es ist unsinnig, dem Seidenpapier einen solchen Wert beizumessen, aber ohne Ordnung geht es nicht …"*

Worauf der Tagebauleiter sofort reagierte und sich erstens das Wrack mit eigenen Augen besah, zweitens eine Sichtschutzplane zur Straße hin aufstellen ließ und drittens schriftlich eine entsprechende Anfrage an die Ermittlungsbehörde in Görlitz stellte, begleitet von einem telefonischen Kontakt, der zwar nicht protokollarisch dokumentiert wurde, jedoch zumindest von der im Raum anwesenden Sekretärin später beim Mittagessen folgendermaßen zitiert wurde:

„Was soll denn aus dem Flugkadaver werden? Wollen sie ihm noch untern Rock schaun, oder nicht? Schließlich fängt jede Leiche irgendwann zu stinken an. Und die Schakale kreisen schon."

Worauf sich schon eine Woche später ein Kriminalmeister aus Weißwasser von der Sekretärin einen großen schwarzen Kaffee brühen ließ, sich auch für Anregungen, den Einkauf von Weihnachtsgeschenken betreffend, außerordentlich dankbar erwies, um dann sieben Stunden lang ohne Pause im kalten Nieselregen das Wrack auf dem Lagerplatz detailliert zu untersuchen, von den Krähen in den nackten Pappeln zur Straße hin aufmerksam beäugt. Irgendeiner schaut immer zu. Denn bei aller Ordnungsliebe – auch der Administrator Lagerplatz war, zumindest zeitweise, ein neugieriger Mensch.

Schon drei Tage später lag ein Protokoll als Beleg im Postfach. Im Anschreiben wurde angeordnet, die Rumpfabdeckung, die rechte Tragfläche und die Seidenpapierpuffer in die Asservatenkammer (Weißwasser) zu überstellen, zur weiteren Analyse.

„Aha", dachte der Tagebauleiter.

„Na endlich", dachte der Administrator, rief aber sicherheitshalber im Revier an, was mit dem verbleibenden Wrackmaterial geschehen solle, und erhielt die gewünschte Antwort:

„Macht, was ihr wollt."

Er schrieb noch eine Gesprächsnotiz, in der er das mündliche „was ihr wollt" in ein schriftliches „zur Entsorgung freigegeben" umformulierte, und heftete sie in einem speziellen Ordner unter „Sonstiges" ab – zusammen mit der Kopie der polizeilichen Protokollliste:

Anlage 1:

- Motor i. O. (bis Abbruchmoment aktiv)
- Vielfach Fingerabdrücke einer identischen Person
- Verwischte Handschuhspuren (Transportfolge?)
- Balsa- bzw Sperrholz, Kohlefaserrohr,
- Bespannung Leinen, verklebt, spannlackversiegelt (vielfach zerrissen)
- Rumpfnasenteil absturzbedingt zerbrochen
- Motorträger absturzbedingt zerbrochen
- **Rumpfabdeckung 2× durchschlagen (ca. 10 mm, spitzes Dreieck)**
- **Tragfläche rechts, untere Beplankung 1× durchschlagen (ca. 10 mm, spitzes Dreieck)**
- Handschriftliche baubedingte Wortkombinationen auf Holzteilen (siehe Anlage)
- blockartig gefaltete Seidenpapierpuffer an Bauteilverbindungen **(handschriftliche Wortkombinationen, siehe Anlage)**

Der Lagerplatzarbeiter (alt/neu identisch) warf den Motor in die Schrottbuchte, den Propeller in die Alukiste, die Elektronik in die Gitterbox. Und entfachte mit dem Rest ein kleines Feuer, über dem er sich eine Rindsbratwurst grillte. Guten Appetit. Dann, nachdem er auch die Sichtschutzplane abgenommen hatte, spritzte er die Asche mit dem Wasserschlauch von der Betonfläche. Der schwarze Fleck würde schon verschwinden. Die Zeit ist ein verlässliches Arbeitstier.

35
ERINNERUNGSBERGE, SEHNSUCHTSUFER

Der Gortamullin war der kleinste ihrer Erinnerungsberge, nur 195 Meter über dem Meer, doch in der Rückschau der schönste. Von Kenmare kurz auf der Straße nach Blackwater Bridge, dann rechts durch die sumpfige Niederung mit den unzähligen fliegenden Ameisen, sehr unangenehm in den Augen, den zusammengepressten Lippen, den Ohren, sodass sie rennend vor ihnen flohen bis zum rettenden Berghang. Denn mit jedem Meter hinauf frischte der Wind auf, wischte die schwarzen Flugschwärme beiseite, wurde der Blick frei auf die Bucht.

Die Böen griffen ihm unter die Arme, blähten den Parka auf, und als er die Arme ausbreitete, war es für Momente, dass er zu fliegen meinte. Komischer Kerl. Die Pferde, die langsam über die Bergkuppe herantrabten, hielten gehörigen Abstand zum grünen Flattervieh und schmiegten sich lieber an ihr Gesicht, knabberten mit den Lippen an ihren Fingern, genossen, wie sie ihren Hals streichelte.

Es war ja mal ihr Beruf gewesen, ihre große Liebe: die Tiere. Und nun kamen sie wieder zu ihr, ungerufen, an jedem Tag, den sie zu ihnen auf den Gortamullin hinaufpilgerten. Und sie sang ihnen leise ihre sorbischen Lieder in die irischen Ohren und sie verstanden alles. Und die Nüstern wurden weich und die Lippen locker.

„Auf dem Sattel sitzt ne Herrin, huj, sitzt ne Herrin.
Herrin hat ein goldenes Ringlein, huj, hat ein goldenes
Ringlein.
Ringlein hat ein blaues Auge, huj, ein blaues Auge.
Übers Auge fließet Wasser, huj, fließet Wasser.
Auf dem Wasser wachsen Gräser, huj, wachsen Gräser.
Auf den Gräsern gehen Pfauen, huj, gehen Pfauen.
Schöne Herrin Pfauen hütet, huj, Pfauen hütet."

Am meisten mochten die Pferde den Refrain: „Unsre Jungen kamen aus dem Krieg geritten und führen unseres Herren Pferd …", der klang ein wenig wie „O wie wohl ist mir am Abend …" Und sie kraulte die Kinngrube, die noch keine Kandare kannte.

Und die tanzende Vogelscheuche in Grün störte da nicht weiter. Und unten öffnete sich die Bucht wie eine lange Zipfelmütze zum Meer hin, ganz hinten am Horizont, als wäre das die Lösung.

Es war immer der Kompromiss bei ihren Urlaubsträumen gewesen: Für Sie die Weite des Wassers, für ihn die Berge. Wo sich beide nahekamen, dort suchten sie sich ihren Platz. In Irland am Gortamullin, am Bodensee die Überlinger Marmorklippen mit dem Blick zum Säntis hinüber. Und auf Zypern Pelendri.

Die alten Prospekte, die alten Fotos lagen zerstreut auf dem Wohnzimmertisch, wahrscheinlich seine Lektüre während seiner letzten Tage hier. Und sie hatte dann noch – in den bleiernen Tagen nach dem Krankenhaus – die tägliche Post daraufgeworfen. Nun räumte sie auf, das hieß vor allem, sie warf weg. Der Papierkorb füllte sich. Ein Prospektbrief aus Zypern allerdings konnte erst kürzlich gekommen sein, mit aktuellen Briefmarken frankiert. Den legte sie beiseite auf seinen Stuhl.

Und das Paket mit den Umsiedlungsunterlagen auch, so zusammengeschnürt wie es da lag. Was dort enthalten war, kannte sie, jedes Blatt, jede Seite, die Vermessungsunterlagen des neuen Grundstücks bei Mulkwitz am Fuß der Hochkippe – ihr künftiger Berg, wenn es etwas damit geworden wäre. Sie hatte alles selbst vermessen, das war ja ihr Umschulungsberuf geworden nach der Wende. Wer brauchte da noch Agraringenieure? Doch Landvermesser wurden gebraucht en masse. Und sie war viel im Freien. Nun hatten sie gemeinsam das neue Haus geplant: Zimmer für Zimmer, die Küche, die Keller, die Kammern. Auf den Zeichnungen ihre Schrift neben seiner, seine Korrekturen neben ihren. Ein letztes Kinderspiel. Unabdingbar auch, dass ein Feld (landebahntauglich) den Blick auf den Kippenbuckel (Höhe 26–34 m / 150–160 m NN) freigab. Und natürlich die Werkstatt, seine Leidenschaft. Vorfreude, schönste Freude. Schlösser, die im Monde liegen. Wolkenkuckucksheim. Ein zerplatztes Luftschloss. Sie zögerte kurz, das Paket aufzuschnüren. Dann ließ sie es so, wie es war, und verstaute es im Schrank. Aus den Augen, aber aufgehoben.

Unter den neueren Briefen war einer ohne Marke, drinnen nur ein handschriftlicher Zettel einer Kollegin aus dem Geodäsie-Büro: „Jemand hat dich angeschissen. Wegen Krankschreibung, weil du im Kulturzentrum warst. Chef hat gelacht. Gute Besserung." Dann die üblichen Jahresendabrechnungen, Wasser, Strom, Gas, Telefon, Straßenreinigung. Die Weihnachtskarte von der Apotheke und von der Autowerkstatt, vom Buchladen in Weißwasser. Die Unterlagen vom Krankenhaus.

Und eben der A4-Umschlag mit den Zypern-Marken drauf. Unterlagen eines Sanierungsprojektes in einer ehemaligen Asbestmine.

Sie erinnerte sich an den Urlaub gleich nach der Wende, als sie am Meer untergekommen waren. Sie erinnerte sich an die Fahrt ins Gebirge, an die riesige aufgerissene Bergflanke, ein Kilometer nackt vom Gipfel bis ins Tal. Die Terrassen der Mine, die damals grad geschlossen worden war, eine einzige weiße Wunde in der Landschaft. Auf die dann der Schnee fiel. Und sie erinnerte sich an den Bullerofen im Nachbarort, um den sich die ehemaligen Minenkumpel versammelt hatten, jeder seine kleine Mokkatasse auf dem zweiten Stuhl, ein Glas Wasser daneben. Und sie erinnerte sich, wie sie ins Gespräch kamen, in der Lausitz wurden ja auch grad zwanzig Gruben dichtgemacht, samt Brikettfabriken, Kraftwerken – da gab es genug zu bereden. Und die Frage, was wird, mit den Lungenkranken, mit den Arbeitslosen, mit der Wunde im Berg. Und sie erinnerte sich, wie gern er dort gesessen hatte, trotz der Kälte im Rücken. Und wie sie sich später, wieder unten am Meer, den weißen Staub von der Haut gespült hatten. Und nun lag Jahrzehnte später der Brief der Sanierungsgesellschaft in der Post. Da sag mal was. Doch nun war auch Weihnachten und Aufräumen angesagt. Dieses Geschenk zumindest wollte sie sich doch machen.

36
IMMOBILIENREVISION MIT LANGLAUFDISTANZ

Die Langläufer gingen gutgelaunt an den Start. Beste Skibedingungen in Oberstdorf, die Alpen sahen wie Alpen aus, die Loipen waren bestens präpariert. Der Hundertbeinepulk krabbelte die Steigung zum Burgstall hinauf.

Er musste das Gefühl haben, dass es läuft, sonst wurde er kribblig. Den Ton hatte er runtergefahren. Kommentare stören nur.

Wenn er, statt auf den Fernseher, aus dem Bürofenster nach Moorburg hinüberschaute, sah er, dass es gut gelaufen war. Rechtzeitig ein paar alte Fabrikwohnungen kaufen, dann Däumchen drehen und darauf warten, dass die Informationen stimmen, dass exakt dort Baufreiheit gebraucht würde für das neue Großprojekt. Und die Nerven behalten und gerade noch rechtzeitig verkaufen, bevor sie sich notgedrungen alle in Kommunisten verwandeln und mit dem Enteignungsverfahren beginnen. Hatte geklappt, hatte eine gute Ankauf-/Verkaufsdifferenz gebracht. Dass dann das Kraftwerk gebaut (und nach vier Jahren wieder stillgelegt) wurde, ging ihn nichts mehr an (daran verdienten andere, sollen sie, nur kein Neid unter Kollegen).

Die Skiläufer gingen in die zweite Runde. Es lief gut für ihn, obwohl die Deutschen sich „unter ferner liefen“ abstrampelten – wobei das weniger interessierte. Doch dass nun medienwirksam panoramaweit Schnee ausgebreitet lag, statt der letztjährigen mickrigen Kunstschneespuren auf grünen Almen, die das mulmige Gefühl der

Nation in Sachen Klimawandel extrem befördert hatten, ließ ihn wohlwollend auf die Langläufer schauen.

Jedenfalls lieber als auf die Langläufer in seinem Jahresabschluss. Besonders die Lausitzer Loipenleiche stank ihm unangenehm in der Nase. Drei Wohnblöcke von vor neunzig Jahren, Heimatarchitektur aus der Nazizeit (günstig: ohne Denkmalstatus), einst für die Beamten der Munitionsfabrik in luftschutzdienlicher Distanz zu den im Wald versteckten Fabrikanlagen errichtet, ein bejahrtes Kleinod, „heruntergekommen“, auf gut Deutsch gesagt, Waschbecken in der Küche, Ofenheizung mit Ascheeimer, undichte Dächer, „menschenunwürdig“, wie ihm seit Jahren auf nervtötenden Einwohnerversammlungen an den Kopf geworfen worden war (muss ich mir nicht antun, justiziable Verleumdung das, wendische Nudeltopper die).

Inzwischen war es ein pflegeleichtes Anwesen, nur noch minimal mit Bewohnern belastet, kostenminimal gesichert (Drahtgitter, Warnschild), leicht verschmutzt (also „Müllplatz“, hätte der Bürgermeister neulich nicht sagen müssen, so einen Ton bin ich hier in Hamburg nicht gewohnt). Na ja, nichts für ungut.

Doch vor allem wäre es eine Immobilie mit gutem Verkaufspotenzial gewesen – wenn der Plan aufgegangen wäre. Ein Kurzstreckensprint sozusagen, wenn Nochten II gekommen wäre. Doch mit den endlosen Diskussionen, das Erweiterungsgebiet des Tagebaus zu reduzieren, wurde es für ihn zum 50-km-Distanzrennen und war inzwischen schon zum Wasalauf mutiert (auch schon wegen Schneemangels abgebrochen). Für ihn wäre es einfach zum In-die-Tonne-Kloppen, wenn „südlich der Bahn“, wie zu befürchten, doch nicht umgesiedelt werden würde.

Dann bestände seine letzte Option nur noch darin, das Ende des Tagebaus abzuwarten, der Flutung des Restloches entgegenzusehen, um dann endlich den opulenten Reinertrag für das exklusive Wassergrundstück einzustreichen. Mit zitternden Händen, in vierzig Jahren vielleicht. Die Grube grüßt. Na schönen Dank auch. Kannste abhaken.

> *„Bei den Frauen gewann Ingvild Flugstad Oestberg (Norwegen) vor ihrer Landsfrau Maiken Caspersen Falla. Dritte wurde die Finnin Krista Parmakoski. Nicole Fessel vom SC Oberstdorf belegte Rang sechs. Bei den Männern gab's ebenfalls einen norwegischen Doppelsieg: Emil Iversen gewann vor Sindre Bjoernestad Skar. Dritter wurde der Italiener Francesco de Fabiani. Thomas Bing war als Neunter bester Deutscher."*

Unter den ersten zehn, ein erfreuliches Ergebnis, sagten die Lippen der Kommentatorin, eines das Mut macht.

Für ihn weniger, den Ton hatte er ja heruntergedreht.

37
RECHNUNGSGESPRÄCH MIT CUMULUSWOLKE

Es gab Leute, die nicht mehr da waren, seitdem er nicht mehr da war.

Es gab Leute, die von ihr verlangten, positiv zu denken, bevor sie weiter mit ihr verkehrten.

Es gab Leute, die schweigend halfen.

Es gab Leute, denen es mal viel schlimmer gegangen war und die es wieder gepackt hatten und die es ihr gerne erzählen würden.

Es gab Leute, die sie ermuntern wollten – mit der Rezeptur für ein Leiden, an dem sie nicht litt.

Es gab Leute, die rumeierten.

Es gab Leute, die sie in die Pflicht nahmen.

Es gab Leute, die Bücher kannten, die schon von ihr erzählten, bevor es überhaupt passiert war.

Es gab anteilnehmende Leute, die wissen wollten, was sie selbst nicht wusste.

Es gab Leute, die eine Rechnung schickten, für eine Leistung, die die Frau nicht bestellt hatte, die sie nicht in Anspruch genommen hatte, die einfach bezahlt werden musste (zeitnahes Ablaufdatum, Gerichtsstand Cottbus), die er vielleicht noch beauftragt hatte, die er aber nur zum Teil genutzt haben konnte. Eine Rechnung über 990 Euro. Klar und eindeutig, nicht höflich, nicht unhöflich. Nur etwas heftig im Moment und etwas rätselhaft für sie. Noch eine Woche zuvor hätte sie die Rechnung einfach in die Tonne geworfen, nun aber wagte sie es schon, darüber nachzudenken.

Es gab ein Handy, das höflich schweigend neben der Rechnung auf dem Tisch lag. Es übte sich in Geduld, es nervte nicht, es hielt sich bereit. Bis sie es – nach drei Tagen – in die Hand nahm und die Nummer der Flugschule wählte, die auf der Rechnung notiert war. Dann blieb ihr nur übrig, zu warten.

In der Schleife jaulte eine chromatische Mundharmonika zwischen C-Dur und Cis-Dur, brach dann mit einem heftigen Krachen ab, worauf sich der Fluglehrer, der grad einen Rhetorikkurs absolviert hatte, in der ersten Gesprächsphase, die auch als Kontaktphase bezeichnet wird, bewusst originell mit dem Filmzitat meldete:

„Irgendeiner wartet immer."

Worauf die rhetorisch ungebildete Frau die Anspielung einfach ignorierte und – ohne es zu wissen – sofort und unvermittelt in die Informationsphase eintrat:

„Ich habe hier eine Rechnung vom sechsten August … Flugplatz Cottbus. Ich weiß nichts darüber. Wissen sie was?"

Worauf der Fluglehrer sich erleichtert an einen Mann erinnerte, der bei einem ersten Tandemflug den Mageninhalt nicht bei sich behalten konnte, dann aber dennoch die Ausbildung für den A-Schein buchte, und neben den Theoriestunden schon rund die Hälfte der Höhenflüge der Praxisausbildung erfolgreich absolviert hatte. Und dann einfach nicht mehr erschien. „Schade eigentlich. Guter Mann."

Worauf sie nur „Na ja" sagte und wiederum sehr unvermittelt (und wiederum ohne es zu wissen) und zu seinem Ärger (ob der aus den Händen gegebenen Gesprächssouveränität) in die Argumentationsphase eintrat:

„Und für die halbe Ausbildung die ganze Rechnung?"

Worauf er – auch um endlich in die Offensive zu kommen – ihr anbot, dass sie doch die ausstehenden Stunden übernehmen könne. Und das verblüffte Schweigen ihrerseits ausnutzend, schwärmte er nun, persönliche Erlebnisse erinnernd, von der Schönheit des Gleitschirmfliegens, vom Cottbuser Privileg, den Sport so nah an der Stadt betreiben zu können, und vom Blick bis ins Zittauer Gebirge und vom Vereinsmitglied, das im Jahr 2017 von Cottbus bis Usedom stolze 256 Kilometer zurückgelegt hatte. Und dass der Mann, dessen Stunden sie ja übernehmen könne, es auch schon bis zum Tagebau Welzow geschafft hatte und dass man sich in den thermischen Aufwinden bis zu tausend Meter hinaufschrauben könne, wie in einem Luftlift, in dem warme Luft nach oben steigt, gemeinsam mit den Adlern und Störchen, so von Cumuluswolke zu Cumuluswolke immer höher und weiter, immer die Wolkenstraße entlang. Und in Welzow, über dem Tagebauofen, ginge es besonders schnell hinauf. Man müsse allerdings aufpassen, falls sich aus der Cumuluswolke ein Cumulonimbus bildet. Dann würde es natürlich turbulent werden. Er war begeistert von seiner eindrucksvollen Schilderung. Sie war eher verwirrt über seine Schlusswendung und fragte sicherheitshalber, ob denn schon jemals jemand im Cumulonimbus abgestürzt sei.

Indem er nun die an und für sich mögliche, sachliche Erkundigungsfrage: „Haben Sie ihn denn schon offiziell als vermisst gemeldet?“, bewusst zurückstellte und ihr stattdessen anbot: „Na über die Rechnung können wir ja noch mal reden. Wenn Sie morgen noch mal anrufen würden?“, zog er sich selbst aus der selbstgestellten Falle heraus, gewann die Führung des Gespräches zurück und leitete so geschickt zur Beschlussphase über, um gleich darauf in die Abschlussphase überzugehen mit dem freundlichen Spruch: „Also bis morgen. U wende dengscht, es geht nisch mehr, kummt irschewo a Wölgsche her.“

Damit ist das Kapitel allerdings noch nicht zu Ende. Noch am selben Nachmittag nahm sie ihre Krücken, hängte sich die Tasche um den Hals und humpelte los – zuerst bis vor zum Bahnübergang, dort kam zum Glück grad ein Chorsänger von der Schicht vorbei und nahm sie den Rest des Weges mit. In der Sparkasse Oberlausitz-Niederschlesien füllte sie zwei Überweisungen aus, beide über 495 Euro, beide an dieselbe Adresse der Dresdner Flugschule, eine mit dem Verwendungszweck:

„A-Schein-Ausbildung. Geleistete Stunden“, und die andere „damit ich die Sache vom Hals habe.“

Der Weg zurück wurde ihr leicht, die Krücken wurden ihr zu Flügeln und „Hals- und Beinbruch“ wurde ihr ein freundlicher Gruß. Das war natürlich eine angenehme Erfahrung, diese Fähigkeit zu besitzen, beziehungsweise solche Krücken mit derartigen Eigenschaften. Und sie sprach auch nicht darüber und benutzte sie sehr selten, nur an besonders klaren Nachmittagen, wenn sie drüben überm Tagebau die Habichte aufsteigen sah, oder manchmal auch einen Seeadler, wie er sich, in engen Kreisen immer höher schraubend, in den Himmel tragen ließ.

38
ALTE PLATTEN PLUS KLAPPFIX-AUSFLUG

Sie sortierte aus. Nach den Briefen und den Unterlagen war sie inzwischen bei den Schallplatten gelandet. Wo sie doch einmal damit begonnen hatte. Auf der Waage lagen ihre Erinnerungen. Die guten durften bleiben, die schlechten wanderten in den Müll, die verschwiemelten – nach kurzem Zögern – auch.

„Klar, werd' ich warten.
Mach dir keine Sorgen
um mich
gleich.
Klar doch, ich warte auf dich"

Die Stimme mochte sie, die Art von Hoffnung nicht. Vor dreißig Jahren hatten sie schon mal Plattenjustiz gespielt, die ganze Truppe aus dem Club war hinauf auf die Hochkippe gezogen, die Altbestände an Rotwein dabei und die Plattenkiste. Und dann waren sie irgendwann am Rand des Kippenplateaus an der Jagdhütte gelandet und ließen die sekretierten Dudelscheiben hinuntersegeln. Am lustigsten war es mit den 45ern, die trudelten und kollerten durch die Luft wie betrunkene Hühner, jähe Richtungswendungen eingeschlossen. Eleganter waren natürlich die 33er hinabgeschwebt in die weite Ebene – doch nur wenn der Werfer alle seine Sinne noch beisammenhatte und auch wusste, wie's geht.

„Zeit macht uns reifer
Warten macht stark
Wenn man die Zeit nicht verwartet
Als wär sie nicht da
Klar doch, ich warte auf dich.“

Kurze Entscheidung, kurzer Weg in den Müll. Warten war vorbei, am Neujahrsmorgen hatte sie Schwalbe angerufen, der hatte für Sonntag früh zugesagt.

Sie setzte sich hinter ihm auf sein gelbes Simson-Moped, die Krücken unterm Arm. Wäre es um Mitternacht gewesen, hätte man es für den Ritt zum Hexentanzplatz halten können. Doch nun am frühen Januarmorgen erschienen sie von weitem wie Nebelgeister, irrlichternde Töchter des Wassernix, über der feuchten Wiese der früheren Schäferei.

In Mulkwitz fuhren sie gleich zur Kippenstraße östlich des Dorfes. Er ging die paar Schritte weiter zum Friedhof, ließ sie mit sich allein. Sie stocherte mit den Krücken im Waldboden, bis sie die alte Betonschicht darunter ankratzte, da fühlte sie sich sicherer, nun einen Schritt vor den anderen setzend. Auf den Fundamenten hatten einmal Baracken gestanden, zuerst die der Kumpel beim Tagebauaufschluss vor fünfzig Jahren, später die der Kumpelfrauen bei der Konsumgüterproduktion: Wäscheständer und Fliegenklatschen, Plastespielzeug und Schwimmflossen.

Das alles war nun verschwunden wie ein Spuk. Kaum einer – selbst hier im Dorf – wusste noch davon. Die Converse-Treter, die oben am Ast schaukelten, waren schon jüngeren Datums. Die Bäume ringsum, Kiefern, Erlen, Birken, auch eine Buche, Windwanderer von vor drei Jahrzehnten, standen wild durcheinander. Weiter vorne, zum offenen Feld hin, steckten noch die Pflöcke in der Erde, von ihr selbst im vorvorigen Winter eingeschlagen, mit violetter Sprühfarbe besprayt. Ein abgestecktes Geviert Zukunft, mit Rollbahnacker für seine Modelle, mit Blick zum Kippenhügel hinüber.

Er hatte sich schon Sorgen gemacht.

„Willst du es wirklich noch angehen – trotz abgesagter Umsiedlungsgelder, meine ich?",

Vom Flieger zu sprechen, ersparte er sich.

„Ach das Geld. Weiß ich nicht. Ich würde schon wollen. Was soll ich da sagen? Ich würde schon wollen."

Vom Dorf her wurde es nun lauter, eine bunt gewürfelte Truppe kam zügig näher. Sie fragten auch nicht groß, zwei hoben sie hoch, setzten sie auf einen Bierkasten (mit Kissen gepolstert) im Klappfix-Anhänger und zogen einfach mit ihr weiter. Schwalbe lachte. Sie ließ es geschehen, ein Krückenkutscher bei der Neujahrswanderung auf die Kippe. Geredet wurde zum Glück eh nicht viel, dazu hatten sie ein zu schnelles Tempo angeschlagen. Selbst als es nun bergauf ging hinter dem Alten Luschkteich, hinter der Absperrung. Der Silvesterschnaps musste ausgeschwitzt werden. Frische Luft im frischen Jahr.

Gut dreißig Meter Höhenunterschied scheinen nicht viel, doch als Pferd mit zwei Beinen vor das Fuhrwerk gespannt, sieht man das anders. Da waren die Feuerwehrjungs gefragt. Schwalbe – obwohl ja nun nicht mehr ihr Chef – organisierte die Ablösungen, damit alle bei Laune blieben. Kiefern links und rechts auf ihrem Weg, natürlich, aber in einer Senke halb am Hang auch Robinien, eine Zitterpappel, alle überragend, Traubeneichen, sogar eine Weide, von Förster Skammel vor einem halben Jahrhundert hier gepflanzt, wo der Absetzer zufällig eine wasserhaltende Lehmschicht geschüttet hatte. Ein Wunder, wenn man es nicht besser wusste.

Oben, am Rand des Kippenplateaus, bei Skammels Jagdhütte gönnten sie sich eine Pause, doch nur kurz auf ein Bier, es lohnte nicht, nicht mehr. Früher konnte man von hier über die ganze Ebene hinwegsehen, mit dem Tagebauschlauch rechts und dem Kraftwerk dahinter, mittig im Vordergrund Mulkwitz, und Mühlroses rotgesprenkelter Dachhaufen dahinter, weiter links dann Rohne, langgezogen – und etwas ferner natürlich Schleife mit dem Kirchturm. Sie bildete sich sogar ein, südlich der Bahn, wo der Tagebau enden würde, ihr Haus zu sehen. Ein Blick über ihr Leben. Doch eigentlich sah man so gut wie nichts, so hochgewachsen wie die Bäume inzwischen waren.

39
DIE GROSSE WOLKE

Am Tag nach der Neujahrswanderung, die ja keine Neujahrswanderung mehr war, aber mal eine Neujahrswanderung gewesen war, als die Mulkwitzer noch knallharte Frauen und Männer darstellten, die wirklich am Ersten Ersten früh auf die Kippe gezogen waren, um sich den Schädel lüften zu lassen, später jedoch lieber, als die Mulkwitzer älter und weiser wurden, erst am nachfolgenden Samstag oder Sonntag auf Wanderung gingen, was man ihnen letztendlich nur zuguteschreiben sollte, denn sonst gäbe es die Neujahrswanderung gar nicht mehr, doch das ist ein zu weites Feld, wie Fontane sagt bzw. Stifter schon 37 Jahre zuvor, ist ja auch egal in diesem Fall, auf alle Fälle kam am Tag nach der Neujahrswanderung das Ereignis, das Legende werden sollte: die große Wolke.

Sie schob sich über das Land, unbemerkt in der Nacht. Nur dass mit einem Mal kein Lüftchen mehr wehte, dass es ihnen versagt war, Witterung aufzunehmen, merkten die Damhirsche wohl. Und am Morgen merkten es alle und jeder.

Die große Wolke hing breit über ihren Köpfen, von Horizont zu Horizont, von Sonnenaufgang zu Sonnenuntergang und rührte sich nicht von der Stelle, tagelang. Dann fielen unvermutet die Flocken, die die Meteorologen vorhergesagt hatten. Eine Finsternis kam, so dicht, dass man sie mit Händen greifen konnte, dass selbst das Licht so dunkel war wie die Nacht.

Die Sonne wurde schwarz wie ein Trauerkleid und der ganze Mond wurde blutrot. Der Himmel verschwand wie eine Buchrolle, die zusammengerollt wurde. Und die Wolke öffnete ihre Schleusen, ließ sieben Tage lang ununterbrochen die Flocken fallen und der Schnee stieg höher und höher, bis zum Knie, bis zum Herz, bis zum Hals. Die Menschen, hinausgestoßen in die Dunkelheit, barmten und jammerten und knirschten mit den Zähnen, sich bald verbergend in ihren Höhlen und Hütten.

Und die Lichter gingen aus und die Kohlekumpel ackerten wie die Kümmeltürken.

Und die Solarstromsharer machten Miese an der Börse und die Windstromlobby bekam die Reichstagtüren nicht mehr auf. Und sie überwiesen schleunigst die nächsten Schecks an die Stopstrategen, die schnellstens die nächste Kampagne anwarfen – die beliebten Tinky-Winky-Tagebau-Touren für Europas Jugend, im Netz gestreut, gesteuert und synchronisiert mit den bewährten Busanbietern.

Und Heerscharen von Soldaten schaufelten die Bänder frei. Und die Zuchthäuser trieben ihre Häftlingskohorten in die Gruben, um den gefrorenen Boden aufzubrechen. Und im Kraftwerk feuerten sie die Kessel, dass selbst der Himmel darüber glühte.

Und das Land fiel in den Schlaf. Das war die Zeit der großen Wolke und das war der große Schnee.

Und es war natürlich ein Traum. Aber wer ihn da eigentlich geträumt hatte, wollte hinterher doch lieber keiner sagen.

40
ZAMPERTAG MIT FESTZELTKONFLIKT

Wenn er zum Kirchen-Kids-Treff gehen würde, hätte er bitten können: „Herr, lass es einen guten Tag werden." Doch er ging nicht zur Kirche. Er ging zum Fußballtraining, er ging gern in den Wald, er ging zur Schule und heute sollten sie mit einigen aus der Klasse zum Zampern gehen. Zum Glück würde die Lehrerin dabei sein. Beim Zampern würden sie mit unzähligen fremden Leuten zu tun haben, das hatte er so schon jeden Tag, mit Leuten, die zu seinem Vater kamen, mal kurz auf ein Bier, oder was ganz Wichtiges besprechen, oder du hast doch gesagt, oder man müsste das Ding mal ganz anders, oder könntest du nicht. Also das war nicht seins, so mit Leuten.

„Zamper-Zamper-Lieschen,
wir haben kalte Füßchen,
lasst uns nicht zu lange stehn,
wir wolln ein Häuschen weiter gehn."

Sie zogen von Gehöft zu Gehöft, die Lehrerin zeigte ihnen, welche Leute wahrscheinlich zu Hause waren, wo sie was für sie übrighätten, Schinken oder Eier, Münzen oder Scheine, Maoam oder Haribo. Je nach Hoftor, je nach Wunsch. Er, wenn ihn jemand gefragt hätte, würde sich einen Porsche wünschen. Mit einem Moped durch den Wald zu rasen, kannte er, mit einem Trecker durch das Dorf zu fahren oder mit dem BMW auf dem Grundstück zu Hause, kannte er auch schon lange. Aber im Porsche hatte er nur mal im Autohaus gesessen. Und dann noch auf der Hinterbank. Also Haribo war erst mal nicht schlecht.

Alle waren irgendwie verkleidet, er hatte sich so eine Lederkappe über den Kopf gestülpt, wie ganz früher die Rennfahrer oder Piloten, das gefiel ihm. Und warm war es auch. Und man hörte nicht so viel von dem Krach, den sie selbst mit ihren selbstgebauten Spendendosen machten.

Die Frau hatte für die Kinder nur eine Handvoll Kleingeld zu bieten, die sie halbwegs gerecht zwischen den diversen Sammelbüchsen verteilte. Und eine wertvolle Konfektpackung. „Zartbitterschokolade", lasen sie und blickten fragend zu ihrer Lehrerin. Da steckte die Frau noch einen Fünferschein, sorgfältig gefaltet, in den Schlitz. Und zeigte mit der Krücke auf die offene Schuppentür der Werkstatt.

„Wenn ihr was für euch findet? Ihr könnt alles mitnehmen." Neugierig drängelten sie hinein ins Halbdunkel, bestaunten die Flugmodelle, hatten aber mit ihren Zamperkisten eigentlich alle Hände voll. Und es kam ja auch so überraschend, der Eintritt in die Wunderkammer.

Draußen zog der Schneepflug seine Tour durch die Straße. Da sagte der Junge leise:

„Die Büchse mit Leim könnte ich gut brauchen. Und die Klemmzwingen vielleicht. Und den …"

Und er blickte zu dem Flugmodell auf der Werkbank, sagte aber nichts weiter. Die Frau stand draußen, war an der Schuppentür stehen geblieben, ein Scherenschnitt mit Krücke im Gegenlicht.

„Nimms mit, packs in deinen Rucksack. Und wem noch was einfällt, der kann ja wiederkommen. Hier fliegt nichts weg von alleine."

Am Nachmittag zog sie die Tracht an, die Kutte darüber – und als sie das Motorrad hörte, stapfte sie durch den Schnee im Garten zur

Straße. Das könnte ihr Hobby werden, die Krücken unter den Arm geklemmt, Peter Fonda für Behinderte, doch es war ja eine Kawasaki, auf der sie den Sozius probte, die Kleider hochgerafft, egal, klang auch nicht schlecht.

Der Trompeter war von Hamburg heruntergekommen, kleine Spritztour von der Arbeit, jetzt mit ihr auf dem Rücksitz auf den letzten Kilometern, über den Bahndamm, durch Schleife hindurch und durch Halbendorf und über die Schneefelder bis Groß Düben, laut begrüßt am Zollhäuschen von den Volkspolizisten seligen Angedenkens, bis zum Festzelt hinter dem Gasthof.

> *„Der Tote trägt den Lebenden*
> *und spürt doch kein Gewicht.*
> *Die Nehmenden, die Gebenden,*
> *das Rätsel spricht.“*

An anderthalbhundert Tore hatten die Zamper-Gesellen getrommelt, bunt vermummt in schrillen modischen Kostümen, aber einige auch noch mit den alten Masken aus urgroßväterlichen Zeiten: Die „doppelte Person“ mit den zwei Gesichtern, der „Storch“ in Hoffnung auf den Frühling, der „Bär“ als letzter Wintergruß. In der Gaststube wurden die Sammelbüchsen geleert, die Scheine geglättet und gestapelt, die Münzen zu kleinen Säulen aufgetürmt. In der Küche brutzelten Eier und Speck.

Vorn im Zelt waren provisorisch Bretter ausgelegt für den Zamperball, noch hopsten nur die Kinder wild drauf herum, doch die Bänke füllten sich zusehends, die Kehlen hofften auf Nachschub, Pfeffi und Kali vom Tag wurden abgelöst von Kümmel und Korn am

Abend. Den ersten Tänzern machte der „Diskotheker“ Mut, an den Knöpfen fummelnd hinter dem Pult, nun schon das dreißigste Jahr befreit von der 60/40-Regelung. Die Stimmung konnte kaum besser sein. Dann trudelten auch die Honoratioren ein, Bürgermeister, Ortswehrleiter und Schützenvereinsvorstand, Kegelbillardboss und Schmetterlingsfängerburschenschaftssenior. „Prost, Prost, Prost – alles für den Falter!“

Erst als sich Geiges Truppe auf die Bretter stellte, wurde es etwas ruhiger. Programm muss sein, aber Spaßbremsen mussten sie nicht sein. So sangen sie das Frühlingslied von Fallersleben, als Polka:

„Winter, ade!
Scheiden thut weh.
Aber dein Scheiden macht,
Dass jetzt mein Herze lacht.
Winter, ade!
Scheiden thut weh.“

Den Zamperzeltlern war es egal, sie hörten die Melodie – und den Rhythmus. Und sangen den Text, wie sie ihn seit Adolfs Zeiten kannten:

„Liebchen, ade!
Scheiden tut weh
Annemarie“

Polka ist eben Polka, die Füße regieren und alle hatten ihre Freude – und Geige auch noch seinen Spaß. Er grinste. Das Zelt war auf Betriebstemperatur. Die Frau sang mit, als wäre sie schon ewig dabei, und die Krücken störten hier niemanden. Polka ist Polka, bis zur Erschöpfung. Da kam „*Wo ist mein Zuhause – Zo jo mój dom*", den meisten grade recht. Abspannung und Wehmut gemischt, Stille im Zelt, Tränen im Glas. Eine Stimme, wie im Wald gesungen. Aufgefangen vom Dudelsack, der wimmerte und barmte – und plötzlich wieder tanzen wollte. Und die Füße stampften auf wie erlöst. „Daj mi jedne jejko", und alle sangen mit oder holten sich ihr Bier oder wollten es grad wegschaffen draußen.

Es knallte wie Wintergewitter, die Zeltplane hinten riss auf, ein ganzer Pulk Harleyhirten keilte durch den Mittelgang nach vorn, geflügelte Totenschädel auf dem schwarzen Leder. Die auf den Bänken sprangen auf, die auf der Bühne sprangen beiseite. Nur die Frau blieb – behindertermaßen – starr auf ihrem Posten, die Krücke – Notwehrreflex – dem vordersten Biker gegen die Brust gestemmt, knapp unter seinem Kehlkopf.

„Willst du mich umbringen, alte Vettel?", krächzte der Helm. Seine Gefolgschaft bauchpinselte sich wiehernd vor Lachen und ließ die Maschinen ins Seitenaus trudeln. Sie hatten ihren Spaß gehabt und ihr Revier markiert und wollten weiter. Er wollte auch und konnte nicht, nun allein auf der Bühne mit ihr, in der plötzlichen Stille, im Rampenlicht verzweifelt wütend, Krücke unterm Hals, sauerstoffunterversorgt.

„Mach dich vom Acker, Hexenbesen", röhrte der Helm, als endlich jemand, der Kranfahrer wohl, dazutrat, ruhig die Gehhilfe wegdrückte, ihm ein volles Bier hinhielt, ihm Luft verschaffte, ihn erlöste. Der Helm nahm seinen Helm ab, trank einen Schluck und schnaufte, mit abklingender Erregungskurve:

„Da ist dem Weibsstück gerade mal der Mann im Wald verreckt und macht dann hier schon wieder auf lustige Witwe."

Als es nun wieder gut war, oder nun wirklich genug, oder die Ruhe schon wieder zu ruhig, als es eigentlich weitergehen konnte, da sagte jemand leise, doch gut hörbar im Zelt:

„Das sagst du nicht noch mal, du Fettfleisch auf zwei Rädern", sagte da jemand zu ihm. Und hörte nicht auf: „Feiger Puter im Speckmantel. Petzen, tratschen, lügen und den Leuten eine Nase drehen hinterm Rücken. Und das Mädchen hängen lassen mit dem Kleinen, aber hier den großen Max markieren."

Und nach einer Pause:

„Armes Söhnchen deiner Mutter. Aber von der hast du es ja."

Und sie nahm ihre Sinne zusammen und die Krücken unter den Arm und humpelte von der Bühne und ließ den Plattenaufleger die Platte auflegen:

„Liebchen, ade!
Scheiden tut weh
Annemarie

Heut muss ich fort
Von Ort zu Ort
Annemarie

Wahre die Liebe dein
Stets will ich bei dir sein
Weil ich so lieb dich hab
Annemarie"

41
DÉJÀ-VU IN HINTERBERG

Es gab Trebendorf (so um den Gasthof herum), es gab Klein Trebendorf (im Westen in Schleife übergehend), es gab Kaupe (nördlich der Bahnlinie und der Struga) – und es hatte Hinterberg gegeben.

Dass Hinterberg mal hinter einem Berg gelegen hatte, einst sogar mit Windmühle darauf, bekam man in dem dichten Waldstück kaum mit. Nur die kleinsten Trebendorfer, früher im alten Kindergarten, hatten es im Winter sehr bequem gefunden, einen brauchbaren Rodelberg gleich hinter dem Zaun zu haben. Man sollte es nur vermeiden, gegen die Kiefernstämme zu fahren. Und südlich, hinter dem Waldstück, hatte es eben Hinterberg gegeben. Einzelne Gehöfte, über die Felderweite verteilt. Bis vor wenigen Jahren. Nun war hier alles kahler Acker, nur vereinzelt unterbrochen von Inseln aus Brombeergestrüpp und verwilderten Bäumen mit Apfelleichen. Und irgendwo, verloren in der Zwischenzeit, standen die drei Männer, sagten nicht viel und warteten.

„Wenn ich jemals hier gewesen wäre, zu irgendeiner Zeit,
Dann würde ichs wissen, vermutlich, wie es läuft mit euch.
Und ich habe das Gefühl, als wäre ich schon mal hier gewesen,
Als wäre ich schon mal hier gewesen.
Und ihr wisst, ich frage mich,
Was unter der Erde vor sich geht.
Wisst ihr es? Fragt ihr euch das nicht,

Was unter uns vor sich geht?
Wir waren alle schon mal hier."

Dem Förster ging die abgehackte Melodie nicht aus dem Kopf, während sie schmallippig auf dem Feld standen. Nicht der beste Titel damals auf der tollen Platte, doch nicht aus dem Gehirn zu kriegen. Es war, als wiederholte sich die Zeit – und wie sie so dastanden: Der Förster und die beiden Holzfäller, die jetzt für die Muni-Suche eingesetzt waren. Nur hing diesmal kein Wrack in den Baumwipfeln über ihnen, stattdessen öffnete sich – unter ihnen – die Erde.

Es war ihr Job an diesem Tag, mit dem Metalldetektor den Boden abzusuchen, Meter um Meter, Streifen für Streifen, ein Flatterband-Segment nach dem anderen – das weite Feld. Der obligatorische Vorlauf im Tagebauvorfeld, egal ob da Wald war oder zerfurchter Acker oder geräumter Garten. Die übliche Kampfmittelberäumung, damit später dem Bagger keine explosive Kost zwischen die Schaufeln gerät, rostige Fahrradpumpen, Pflugscharflügel, Handgranaten, die gewohnte Zeitreise, das normale Programm – diesen Morgen allerdings gestoppt vom rätselhaften Erdloch in einem verwilderten Gebüsch, von den heftigen Ausschlägen auf der LED-Anzeige.

Sie hatten ein paar Holzbohlen beiseite räumen müssen – dann konnten sie in die Tiefe schauen, auf das rohe Mauerwerk und den diffusen Krempel. Was sollten sie also machen, als den Förster anzurufen, und der hatte nun die Sache wieder am Hals.

Das Damwild im Unterholz an der Waldkante zögerte. Hinter ihnen, hinter dem täglich kleiner werdenden Wald, tackerte irgendwo der Tagebau, da gab es nicht viel zu holen. Vor ihnen dagegen waren die Maisreste auf dem Feld zu verlockend, doch die drei Männer, die hinten unter dem grauen Himmel warteten, ließen sie in der sicheren Deckung verharren. Dann sahen sie, wie sich ein weiteres Auto näherte und kurz danach ein weiteres. Fahrendes Blech kümmerte sie nicht, wer fährt, der kann nicht schießen, war ihre Erfahrung, doch so ein Pick-up-Rudel schon. Besonders nach der Treibjagd neulich.

Nach dem Sicherheitschef hatte sich dann plötzlich noch der Kriminalmeister aus Weißwasser angesagt, hatte sein Fahrzeug sicherheitshalber auf der Asphaltpiste abgestellt, die Gummibotten angezogen (lieber zu groß als dreckig) und kam nun über den nassen Acker zu ihnen herübergestiefelt. Sie sahen ihn fragend an.

„Haben Sie 'ne Singdrossel in meiner Telefonleitung?"

„Ich sage nachher, was ich mir so denke."

Blieb erst einmal die Frage, wer da ins Loch runtersteigen sollte. Einer sah den anderen an und am Ende sahen alle den Förster an. Komische Logik. Er war hier nicht der Hausherr, er war auch gar nicht im Dienst, er war hier nicht im Wald.

Er war der, der runterstieg, nachdem sie die morschen Holzbohlen völlig abgeräumt hatten. Zwei Kisten unten schienen auch anderen als Treppe zu dienen. Das Ziegelmauerwerk schien eher provisorisch hochgezogen, nur notdürftig verfugt. Der Förster klatschte mit der Hand dagegen.

„Dreiundvierzig hatte hier die Wehrmacht für eine Übung Bunker angelegt. So was könnte es gewesen sein. Aber der Krempel hier auf der Bank ist garantiert jünger."

Er reichte die Leimbüchse hoch, und die Klemmzwingen und die Sperrholzplatten.

Der Kriminalmeister warf ihm ein paar Gummihandschuhe zu, zeigte auf die Drahtrolle und den Seitenschneider – wie frisch aus dem Baumarkt. Nachschub für die Asservatenkammer. Der Förster sah zu ihm rauf, der nickte kurz, und so wanderte auch die Bonbontüte mit den Krampen nach oben.

„Na wenigstens etwas."

Kaum zu sehen aus der Entfernung, vom Wäldchen beim Dorf, ein frisch gepflanzter Randstreifen aus Feldahorn und Vogelkirsche, Eberesche und Fichte, dazwischen und davor noch Sträucher und Koniferen, das einmal den künftigen Grubenlärm abhalten würde, doch nun schon ein perfektes Beobachtungsversteck abgab, für den der meinte, es nötig zu haben, war dann die überraschende Tatsache, dass der Kriminalmeister schließlich doch noch selbst hinunter in das Bunkerloch stieg.

Er klopfte minutiös die Wände ab, Stein für Stein, kratzte auch rastermäßig den Moderboden auf. Relativ erfolglos zwar, aber ausdauernd und zudem rechtschaffen verdreckt am Ende, reichte er noch ein halbfertiges Flugmodell hinauf und tütete sorgsam den in einer Wandnische gefundenen Katschi ein, von eingeflogenen, konservativ-literaturliebenden NRW-Kollegen auch Zwille genannt – in diesem Fall aus der Astgabel eines Haselstrauches geschnitzt und mit einem Einkochglasgummi bespannt.

„*Eine Waffe, die weithin trug und keine Spuren hinterließ*",

anders als

„*Armbrüste, Pfeil und Bogen, Pistolen*",

erläuterte er – wieder oben – und suchte auf dem Handy die Koordinaten des Grundstücks: 1° 30′ 51.16″ N / 14° 33′ 32.02″, O. Der Sicherheitschef faltete den alten Katasterplan auseinander.

„Lass mal“, sagte der Förster „das war das Grundstück vom Vereiner.“

Und um die Frage des Kommissars vorwegzunehmen:

„Ja, der hat zwei Kinder. Der Junge ist es, schätze ich, guter Schütze muss ich sagen.“

Der Kriminalmeister machte sich auf den Weg, ziemlich plötzlich eigentlich. Doch er hatte keine Lust, die Frage, die den andern auf den Lippen lag, was er denn nun eigentlich gesucht hatte, zu beantworten. Man steht ja schließlich nicht so gern als Blödmann da. Die phantasievoll ausgemalte Pressekonferenz, auf der er den lange in der Region gesuchten Drogenumschlagplatz, den „Crystal-Meth-Palast“, wie er ihn schon vorauseilend zu betiteln vorgehabt hatte, konnte er nun stecken lassen. Stattdessen fuhr er völlig verdreckt zum umgesiedelten Vereiner, um dort pädagogisch wertvolle Hinweise zu geben. Wohl wissend, dass die meisten in ihren neuen Häusern feine Leute geworden waren.

Zum Glück traf er Vereiners Frau im Garten. Er reichte ihr das halbfertige Flugmodell über den Zaun, dazu die Holzleimbüchse und die Klemmzwingen und empfahl, ihrem Mann auszurichten, im Verein eine Modellsportsektion aufzumachen und dem Sohn für seine Schießübungen unspektakuläre Ziele vorzuschlagen.

Dann war es aber genug. Im Büro drückte er nur noch den „Erledigt“-Stempel auf den Hefter mit dem Wrackabschuss, ansonsten wollte er nur noch unter die Dusche.

42
BESELIGENDES HAPPYEND

Niemand hatte etwas gesehen, gehört oder sonst wie mitbekommen. Auch die Kamera am Bahnübergang konnte nicht mal eine stille Katze registrieren. Und selbst auf den von der Bürgerinitiative beauftragten Geräuschaufzeichnungen war kein akustischer Ausschlag erkennbar. Drüben in Weißwasser war wohl Tanz in den Telux-Sälen. Und in Spremberg ließen die Nazis wieder Fensterscheiben zu Bruch gehen. In Bagenz wurde eine Gaststätte abgefackelt. Doch die Welt (in Schleife) ruhte tief und fest. Die Frau war eine dreiviertel Stunde vorher kurz wach gewesen, niemand atmete neben ihr. Wie seit Wochen nun schon. Und sie war wieder eingeschlafen. Keiner hatte was bemerkt.

Es klirrte von der Werkstatt her. Die Katzen machten Radau, für einen Moment, doch dann herrschte erst einmal wieder Stille. Eine Benzinwolke blakte durchs Tor. Drinnen flackerte es, als brutzelte Rumpelstilzchen im Geheimen sein Süppchen. Sehr anheimelnd eigentlich. Doch dann knackte das Glas der Flasche, der Cocktail spritzte durch die Hütte, die Stichflamme zündete ihren Ego-Driver. Sieht mich denn keiner?

Chaos und Zufall. Nee, nich der noch. Doch. Der Reinert-Pilot auf seinem 40-Tonnen-Jumbo, vom Disponenten-Team eine Woche lang zwischen Antwerpen, Verona und Bremerhaven, zwischen Auftrags- und Tourenmanagement hin und her und auf zwanzig

Linien durch Europas Staumeetings hindurch dirigiert, hatte eigentlich nur beabsichtigt, langsam mal seine Work-Life-Balance in Ordnung zu bringen.

Vorfreude trifft Müdigkeit. Der Kraftfahrer kam nach Hause, fuhr in die Straße ein, sein Bett am Ende schon im Blick, drei Uhr nachts, sah das Feuer im Schuppen, bremste, rief an, rannte durch den Garten. Und donnerte dann mit seinen Fäusten an der Haustür. Mit bleibenden Schäden zwar, doch mit Erfolg.

Die Trebendorfer Wehr war als Erste zur Stelle, Sekunden vor den Rohnern und den Mulkwitzern, dann kamen die Schleifer, denen die Bahnschranke noch den Weg versperrt hatte. Da war die Löschstrecke schon aufgebaut: Zu retten war keiner mehr, die Katzen hatten sich verfazt, die Frau stand bleich, aber wach hinterm Zaun und sagte nur immer zu Schwalbe, dass sie ja nicht reingehn sollten, wegen der vollen Benzinkanister, wurde auch richtig fuchtig, als einer doch noch zwei Modelle geborgen hatte, küsste ihn dann gleich auf die Wange, als er wieder draußen war.

„Lasst es brennen, lasst es munter brennen“, rief sie ein um das andere Mal. So löschten sie von draußen, was möglich war, ließen vor allem über das Häuschen den Wasserschleier wabern. Mehr war da nicht zu tun.

Die Flammen stiegen hoch, brieten die verbliebenen Äpfel im Baum. Der Schleifer Wehrleiter hatte inzwischen die versammelten Kameraden aller Wehren des Kirchspiels aufgeteilt: in den aktiven Teil am Brand und in den passiven Teil auf der Straße, unter denen sich die Stimmung langsam lockerte, Brand ist eh besser als Verkehrsunfall, und das Wichtigste war ja auf den Weg gebracht.

Und als innen die Benzinkanister explodiert waren und dann noch die Werkswehr aus Boxberg kam und alle reihum die Frau trösteten und umarmten und lachten und weinten, warf sie die Krücken ins Feuer, lief von einem zum andern mit der Kümmelflasche und den Gläsern. Und die Mühlroser, mit der kleinsten Wehr, doch mit der größten Lautsprecheranlage ausgerüstet, drehten die Musik auf und es wurde eine richtig schöne Nacht am Lagerfeuer. Schade, dass die Kinder nicht dabei sein konnten.

Und als jemand über das Tonkabel stolperte beim Tanzen, konnte man hören, wie das Feuer inzwischen ruhig vor sich hin erzählte. Das Damwild hinten an der Waldkante schaute herüber, komische Tiere die Menschen, stecken ihre Häuser an und freuen sich noch.

Die knöpften sich jetzt die Jacke auf, nahmen den Helm ab, begrüßten den Bürgermeister, der konnte eh nicht schlafen. Und sahen in der Dämmerung den Förster, das Gewehr über der Schulter, über das Feld näherkommen – und konnten nun hören, wie er auf seinem Flügelhorn eine Melodie spielte. Und sangen leise mit.

„Da fliegt ein Engel durch den rauchigen Himmel über dem Revier
Er hat jetzt fast ein halbes Leben auf mich aufgepasst
Jetzt trennt er sich von mir.
Da fliegt ein Engel durch den rauchigen Himmel über dem Revier
Ich geb ihn frei, meine Zeit mit ihm ist vorbei
So lauf und fang ihn dir.“

ANMERKUNGEN

Seite 17„*Zwei Tannenwurzeln groß und alt …*" – aus Christian Morgenstern, „Die zwei Wurzeln", nach 1887

Seite 20 „*Ein Knie geht einsam …*" – aus Christian Morgenstern, „Das Knie", 1905

Seite 30 „*merk und melde …*" – Karl Simrock: „Die deutschen Sprichwörter", Frankfurt/M., o. J. (1846), Sprichwort 376

Seite 31 „*Und meine Mutter weinte …*"; Seite 32 „*Und wenn es heller Tag wird …*" – aus den Handschriften von Hanzo Njepila (1766–1856), sorbischer Volksschriftsteller

Seite 45 „*Wo soll ich landen, wenn der Tank leer ist …*" – aus Gerhard Gundermann, „Trauriges Lied vom sonst immer lachenden Flugzeug", „Männer, Frauen und Maschinen", Amiga, 1988

Seite 45 „*Der Lachende hat die furchtbare Nachricht …*" – aus Bertolt Brecht, „An die Nachgeborenen", 1939

Seite 62 „*Totgesagte leben länger …*" – Holger Mittelstädt, „Pylon-Wettbewerb in Welzow", https://www.rc-network.de/threads/f3d-in-welzow-bb.661521 (28. August 2017)

Seite 67 „*Brillenputzspray, Essbesteck von meinem Vater … ich glaube, dieser Stolz …*" – Interview Hans-Dieter Schütt mit Gerhard Gundermann, *Neues Deutschland*, 24. Februar 1996

Seite 68 „*Durch einen Grundbruch …*" – „Riesige Rutschung im Tagebau Spreetal – Spektakuläre Rettungsaktion aus der Luft", https://www.niederlausitz-aktuell.de/nachbarn/11593/riesige-rutschung-im-tagebau.html (13. Oktober 2010)

Seite 86 „*In dem Neste …*" – aus Christian Wagner, „Auf der Burgruine", „Sonntagsgänge, 3. Theil: Balladen und Blumenlieder", Stuttgart, 1890

Seite 89 „*Ein feuriger Luftdrachen …*" – aus Willibald von Schulenburg, „Wendisches Volksthum in Sage und Sitte", Berlin, 1842

Seite 91 „*Mein Freund ist …*" – aus „Hohelied des Salomon", Kapitel 5, Lutherbibel

Seite 93 „*und fortzugehn: warum? …*" – aus Rainer Maria Rilke, „Der Auszug des verlorenen Sohnes", 1906

Seite 94 „*Und er machte sich auf …*" – Neues Testament, Lukas 15, 20–24

Seite 94 „*Am heutigen Tag gedenken wir …*" – Jadwiga Mahling, sorbische Pfarrerin der Evangelischen Kirchengemeinde Schleife in der Lausitz, 2019

Seite 105 „*Sankt Barbara, bei Tag und Nacht …*" – volkstümliches Gebet

Seite 105 „*… einstmals habe ich eine Frau getroffen …*" – Jadwiga Mahling, 2018

Seite 106 „*Heidekorn, Milchhirse, schweigsame Gesichter …*" – aus Th. Campe, „Aus der Wendei", *Gartenlaube*, Heft 51, S. 864–867

Seite 125 „*Des schwarzen Gottes …*" – aus „Rjana Łužica", der Hymne der Sorben; sorbisch: „*Boha čorneho, stare kralestwo, / rapak nětko wobydli, / stary moch so zeleni, / na skale, kiž wołtar běše.*"

Seite 129 „*Die Welt könnte ohne …*" – aus Miloš Macourek, „Die Wolke im Zirkus", Berlin, 1966

Seite 133 „*Auf dem Sattel sitzt ne Herrin …*" – aus „Wójnski kěrluš", einem altsorbischen epischen Heldenlied; sorbisch: „*Na tym sedli pani sedži, huj, pani sedži. / Ma ta pani złoty peršćeń, huj, złoty peršćeń. / Ma tón peršćeń módre woko, huj, módre woko. / Pšez to woko woda bjejži, huj, woda bjejži. / Na tej wodži trawa rosće, huj, trawa rosće. / Po tej trawi pawy khodža, huj pawy khodža. / Rjana pani pawy pase, huj, pawy pase!*"

Seite 144 „*Klar, werd' ich warten …*"; Seite 144 „Zeit macht uns reifer …" – aus Veronika Fischer & Band, „Sommernachtsball", Amiga, 1977

Seite 152 „*Winter, ade! …*" – aus August Heinrich Hoffmann von Fallersleben „Winters Abschied", 1835

Seite 152 „*Liebchen, ade! …*" – Komponist Herms Niel, 1934

Seite 154 „*Liebchen, ade! …*" – DJ-Version von Anne & Marie, K-tel International, 2002

Seite 155 „*Wenn ich jemals hier gewesen wäre …*" – Crosby, Stills, Nash & Young, „Déjà Vu", Atlantic Records, 1970; englisch: „*If I had ever been here before on another time around the wheel / I would probably know just how to deal with all of you / And I feel like I've been here before / Feel like I've been here before / And you know it makes me wonder / What's going on under the ground, / Do you know? Don't you wonder / What's going on down under you?*"

Seite 158 „*Eine Waffe …*" – aus Ernst Jünger, „Die Zwille", 1973

Seite 162 „*Da fliegt ein Engel …*" – aus Gerhard Gundermann & Seilschaft, „Engel über dem Revier", Buschfunk, 1997

DANK

Ich bedanke mich bei Corina Fiskal, Jadwiga Mahling und Henriette Barber sowie gleichermaßen bei Jens Sparschuh, Klaus Männig und Olaf Hanspach für den Großmut und den Mut, den Text als ein Stück vergnügliche Arbeit zu betrachten.

Ich bedanke mich bei meiner Frau Astrid Barber-Weiner für ihre Geduld und Mühe in den Monaten der schreibenden Entdeckungsreise.

INHALTSVERZEICHNIS